Deseo™

En deuda con el magnate

EMILY McKAY

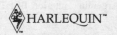

HARLEQUIN™

Editado por HARLEQUIN IBÉRICA, S.A.
Núñez de Balboa, 56
28001 Madrid

I.S.B.N.: 978-84-671-7839-5
Depósito legal: B-41657-2009
Editor responsable: Luis Pugni
Preimpresión y fotomecánica: M.T. Color & Diseño, S.L.
C/ Colquide, 6 portal 2 - 3º H. 28230 Las Rozas (Madrid)
Impresión y encuadernación: LITOGRAFÍA ROSÉS, S.A.
C/ Energía, 11. 08850 Gavá (Barcelona)
Fecha impresion para Argentina: 5.7.10
Distribuidor exclusivo para España: LOGISTA
Distribuidor para México: CODIPLYRSA
Distribuidores para Argentina: interior, BERTRAN, S.A.C. Vélez
Sársfield, 1950. Cap. Fed./ Buenos Aires y Gran Buenos Aires,
VACCARO SÁNCHEZ y Cía, S.A.
Distribuidor para Chile: DISTRIBUIDORA ALFA, S.A.

Prólogo

Catorce años antes

Quedaban menos de siete kilómetros al límite del condado cuando Evie Montgomery vio los destellos azules y rojos por el espejo retrovisor. A su lado, Quinn McCain soltó un juramento, algo que raramente hacía en su presencia.

Evie se inclinó sobre la consola de su BMW M3 para mirar el velocímetro y después a Quinn, su marido desde hacía exactamente tres horas y cuarenta y siete minutos.

Habían planeado todo hacía semanas. La mañana de su diecisiete cumpleaños, se escabullirían temprano, irían en coche al juzgado y se casarían en una ceremonia sencilla. Una vez casados nada podría separarlos. Ni las ideas arcaicas de su padre sobre las clases sociales, ni el alcoholismo del padre de él.

—No vas demasiado deprisa —dijo ella—. ¿Por qué nos hacen parar?

Quinn apretó los labios. Agarró el volante con las dos manos y apretó hasta que los nudillos se le pusieron blancos. Conducía él aunque era el coche de Evie, el que le había regalado su padre cuando había cumplido dieciséis. Como si el precio del regalo pudiera arreglar que se lo hubiese dado tres semanas tarde porque se le había olvidado la fecha.

Quinn, por supuesto, no tenía coche. Su padre tenía un Chevy destartalado encima de unos bloques de cemento delante de la caravana donde vivían. Un mes antes, Quinn había conseguido reunir el dinero suficiente para comprar cuatro ruedas de segunda mano en Mann's Auto, donde trabajaba al salir del instituto. Había pasado semanas tratando de arrancar el Chevy, hasta que había abandonado al ser consciente de que no podía permitirse un alternador. Entonces también había jurado. Había deseado tanto conducir su propio coche cuando fuesen al juzgado.

Su testarudo orgullo era una de las cosas que más le gustaban de él. Eso y el que, en una ciudad de casi veinte mil habitantes, fuera el único que la veía como algo más que la hija de Cyrus Montgomery, alguien que debería desear una vida de riqueza y perfección.

El miedo le hizo un nudo en el estómago.

–¿Por qué nos paran? –volvió a preguntar más con la esperanza de que a él se le ocurriera una respuesta razonable que porque pensara que la había. Quinn redujo un poco la velocidad del coche–. A lo mejor tienes fundida una luz trasera.

–No –con cada movimiento del velocímetro, el pulso se le aceleraba un poco más.

–No te pares –ordenó impulsiva.

–Tengo que parar –la miró de soslayo. Iban a menos de cuarenta por hora–. Evie, ¿qué pasa?

–Si te paras, sucederá algo horrible –estaba aterrorizada.

–¿Qué? –presionó.

–No lo sé. Pero algo malo. Lo sé. Ha sido demasiado fácil. Seguro que mi padre hará algo horrible, como hacer que te detengan o algo así.

–No hemos hecho nada malo –arguyó con lógica–. El sheriff no me detendrá.

–Mi padre es prácticamente el dueño de esta ciudad. Siempre puede recurrir a sus colegas para que hagan lo que él quiera.

–Eso no es...

–¿Legal? No, no lo es –había aprendido a no subestimar la determinación de su padre–. Nos pararán. Buscará cualquier excusa para inmovilizar el vehículo. Quizá que es robado. Algo. Falsificarán pruebas. Puede que hasta te peguen.

–Eso era lo que te preocupaba... Por eso me animabas a arreglar el Chevy.

Deseó poder negarlo, pero el pánico la tenía paralizada. «¿Qué pasa si tengo razón? ¿Qué pasa si encuentran el modo de detenernos? ¿Qué pasa si he estado así de cerca de la felicidad y ahora todo se va al garete?».

–No puedo seguir conduciendo –señaló él tratando de ser razonable–. En algún momento tendré que parar.

–¿No puedes parar en el Condado de Mason? –se resistió–. Tenemos un depósito lleno de gasolina. Puedes llegar a Ridgemore y parar allí frente a una comisaría de policía.

Pero mientras hablaba, el brillo de las luces crecía. Miró por encima del hombro a tiempo de ver un segundo coche de policía incorporándose a la carretera tras el primero.

A Ridgemore quedaban por lo menos veinte minutos aún. Si Quinn no se detenía antes, pensarían que estaban huyendo de la policía. Había visto persecuciones de coches en la televisión. Visto conductores sacados de sus vehículos y golpeados.

–Voy a parar ya –dijo con tranquilidad–. El sheriff Moroney es un hombre razonable. Lo conozco de toda la vida. Hablaré con él. Además, tenemos que enfrentarnos a la gente en algún momento. Ahora puede ser uno bueno.

–No. Es mejor marcharse. Después de parar en Ridgemore podemos ir a cualquier sitio. Dallas. Los Ángeles. Londres. Donde sea.

–No podemos ir a cualquier sitio. Ni siquiera has terminado el instituto y tenemos doscientos dólares entre los dos. Además, no puedo abandonar a mi padre –la miró con dureza–. Puedo cuidar de ti.

–Lo sé –estaban casados, ya nada se interponía entre ellos.

–Todo irá bien. Pronto estaremos juntos.

Siempre decía lo mismo cuando estaban juntos, como si se estuvieran despidiendo.

–Viajaremos a un sitio lejano en el que ni siquiera conoceremos el idioma –dijo ella, como siempre decía. Era parte de su elaborada fantasía–. Tomaremos café en una pequeña cafetería al lado de un parque y pediremos platos que no sabemos pronunciar.

–Estaremos en los mejores hoteles –añadió él.

–Beberemos champán del caro.

–Y te cubriré de diamantes –dijo Quinn dando al intermitente y mirando por encima del hombro.

–Y yo te cubriré de amor –dijo ella triste.

Antes de que Quinn siquiera abriera la puerta, ella saltó del coche.

–Sheriff –empezó, pero él la interrumpió.

–Mantente al margen de esto, Evie.

–No.

El sheriff la miró con dureza e hizo una mueca de desaprobación.

–Esto no tiene nada que ver contigo.

–¿Qué sucede, señor? –preguntó Quinn saliendo del coche.

–Vas a tener que acompañarme, Quinn.

–¿Por qué? –preguntó ella–. No ha hecho nada.

El sheriff no la miró a ella, sus ojos seguían clavados en Quinn.

–El coche que conduces se ha denunciado como robado.

–Es mi coche –intervino ella–. No es robado.

–Está a nombre de tu padre, Evie. No hagas esto más difícil de lo que es.

–No puede hacer esto, no lo permitiré –alzó una mano en dirección al sheriff sin darse cuenta de que uno de sus ayudantes estaba tras ella.

No supo si sería exceso de celo o que habría malinterpretado su gesto, pero el ayudante la agarró de la cintura, la sujetó los brazos y la levantó del suelo. Gritó para protestar.

Quinn se lanzó hacia él, pero el sheriff fue más rápido. Lo empujó con una rodilla y un codo y lo tiró al suelo. Evie pasó de la angustia a la rabia. Golpeó al que la sujetaba sin dejar de gritar. Inútil. No la soltó. No podía ayudar a Quinn.

Miró impotente cómo el chico que amaba, su marido desde hacía menos de cuatro horas, era levantado del suelo y metido tras una reja en el asiento trasero del coche del sheriff. Rogó al sheriff, a su ayudante, pero ninguno la escuchó.

No, no había sido secuestrada. No, su coche no había sido robado. No, jamás antes había visto la pistola que decían había en el bolsillo de Quinn. No, no sabía que él pudiera haber puesto las manos en la gargantilla de diamantes de su madre, que también decían que le habían encontrado.

No le dejaron verlo. No le dejaron llamar a un abogado para él. Ni siquiera le dejaron que le diera un pañuelo. Esperó durante horas en la puerta de la cárcel. Entonces, justo antes de la medianoche, apareció su padre. Tranquilo y completamente controlado le dijo que Quinn quedaría libre de todos los cargos sólo con una condición: ella tenía que firmar los papeles de la anulación del matrimonio. De otro modo se enfrentaba a una pena de entre e cinco a diez años en prisión.

Así que firmó los papeles.

Un infierno de diecisiete cumpleaños.

Capítulo Uno

Quinton McCain era conocido entre sus competidores en los negocios y sus empleados por ser extremadamente inteligente, diabólicamente guapo y enervantemente ecuánime. De hecho, mostraba alguna emoción en tan contadas ocasiones que unos cuantos rumores, y apuestas, habían circulado en la oficina sobre su pasado. Pasado del que nadie conocía nada.

Dado que le interesaban muy poco los chismes de las oficinas e incluso menos lo que la gente opinara de él, no hacía nada para alimentar esos rumores, ni tampoco para desmentirlos. Uno de esos rumores lo pintaba como un entrenado asesino de la CIA. Otro como un agente de una secreta oficina del ejército. Un tercero como el millonario heredero de una cadena de almacenes de automóviles. Ninguno de esos rumores hablaba de una esposa. Para la mayoría de la gente era más fácil imaginárselo como un despiadado asesino que como un amante esposo.

Por eso, el día que Geneviev Montgomery llamó a su secretaria para pedir una cita diciendo que era su ex esposa, los rumores se dispararon. Para cuando Quinn supo lo de la cita, ya no podía hacer nada para acallar los rumores.

La mañana del miércoles la situación era tan desesperada que antes de que Quinn pudiera siquiera probar el café, Derek Messina entró en su despacho.

Messina Diamonds, el mayor cliente de McCain Security, estaba ubicado en el mismo edificio sólo unos pisos más arriba. Así que aunque pareciera que Derek no se había apartado especialmente de su camino para detenerse allí, no era buena señal que se hubiera tomado tiempo un día laborable para hacerlo.

Quinn frunció el ceño tratando de enviar señales subliminales de que se largara de su despacho. Subliminales sólo porque, si lo decía en voz alta, daría la sensación de que estaba demasiado preocupado por la visita de Evie.

–Así que ha llegado a tus oídos.

–¿Lo de Evie?

–Sí. Basándome en el silencio que se hace cada vez que entro a una sala, parece que toda la oficina está hablando de ello. Una buena parte de mis empleados son antiguos militares. Lo lógico sería pensar que no debería tener que soportar esta mierda de ellos.

No era la clase de tipo que hacía muchos chistes, pero cuando los hacía, lo normal era que sus amigos tuvieran la cortesía de reírse. Parecía una mala señal que Derek se limitara a mirarlo.

–Te reúnes hoy con ella, ¿no?

–En sólo unos minutos –se recostó en la silla y sostuvo su café.

–¿Sabes lo que quiere?

–No lo sé. Y no me importa.

–¿Quieres que me quede?

–¿Cuando esté ella? –preguntó Quinn incrédulo. Derek asintió serio–. No, pero apreciaría de verdad si pudieras darle un recado en Biología. Decirle que nos vemos detrás del gimnasio después del entrenamiento.

Derek lo miró inexpresivo y pasó un minuto antes de que Quinn se diera cuenta de que no había tenido una educación normal y jamás había ido al instituto. Quinn suspiró.

–No tengo catorce años. No necesito que me lleves de la mano a conocerla. Ya sabes lo que siento respecto a mi matrimonio.

–Vale –dijo Derek–. No quieres hablar de ello. No quieres pensar en ello. Si no fuera tan buen amigo, me dispararías para que hubiera una persona menos en el mundo que te conoce.

–Creía que ésas eran palabras mías.

Resultaban un poco fuertes, especialmente con los rumores que circulaban sobre que fuera un asesino a sueldo de la CIA, pero cuando las había pronunciado, Derek y él tenían mucha resaca. Demasiado brandy la noche antes había sido el culpable tanto de las confidencias de la noche como de la resaca de la mañana siguiente. Dado que los dos deseaban estar muertos, la amenaza no les había parecido una mala idea.

–¿Está esperando fuera? –preguntó Derck.

–No lo sé –había llegado a las seis de la mañana.

Aunque odiaba pensar que estaba escondido en su despacho, no podía rechazar esa posibilidad.

La verdad era que no sabía cómo se sentía por que Evie apareciera en su vida después de tantos años. La había amado. Caído completa y estúpidamente rendido a sus pies. De un modo que sólo podía hacer un chico ingenuo. Habría hecho cualquier cosa por ella. Y, niña rica aburrida como ella era, había jugado con él, lo había manipulado y utilizado para volver con su padre. Todo eso después de haberle roto el corazón, puesto fin a su matrimonio y haberlo abandonado en la cárcel.

–Podría ser bueno verla –señaló Derek–. Catártico.

¿Qué podía decir? ¿Que prefería arrastrarse desnudo por una guarida de escorpiones? ¿Que preferiría hacer terapia en un programa en directo de la televisión? ¿Saltar en paracaídas en territorio enemigo? Diablos, ¡sin paracaídas! Saltaría del avión.

Su expresión debió de ser bastante elocuente porque Derek dijo:

–Sabes que puedes anular la reunión. Puedes negarte a verla.

–No, no puedo. Si lo hiciera, todo el mundo en la oficina se preguntaría por qué lo he hecho. Habría aún más rumores y especulaciones. O peor, conmiseración.

Se podía imaginar a la gente pensando que la había cancelado porque le resultaba demasiado duro ver su ex esposa. Después llegaría la empalagosa compasión. La gente siendo agradable con él. Era un director general, por Dios. Tenía clientes entre los que se contaban algunos de los hombres más ricos del estado. Además no era un asesino pero sí un excelente tirador y estaba entrenado en voladuras. Los hombres que podían volarlo todo no debían ser objeto de lástima.

Se puso en pie y se tiró del borde la chaqueta.

–No, lo único que puedo hacer es superar todo esto.

–¿Qué le vas a decir?

–Lo que sea para que salga de mi despacho y de mi vida lo antes posible.

***

Evie Montgomery había olvidado lo mucho que aborrecía el cachemir. Hacía que le picara la parte trasera del cuello. Pero el suéter de hacía doce años color lavanda que llevaba era la prenda más cara que tenía. Así que, dos días antes, lo había sacado del armario y ventilado sabiendo que ese día tendría que tener un aire digno, tenía que parecer la mejor.

Aun así, mientras estaba sentada en las impecablemente decoradas oficias de McCain Security, tenía que hacer un gran esfuerzo para no rascarse la nuca con las uñas. Hacerlo habría dejado marcas rojas en la piel. Era una vanidad tonta, pero para ver a Quinn tras casi quince años, no quería aparecer llena de manchas.

Ya estaba suficientemente nerviosa como para añadir la piel enrojecida a su lista de problemas.

¿Qué pasaba si no quería volver a verla? Si ése fuera el caso, los siguientes veinte minutos iban a ser muy incómodos. Sobre todo cuando le pidiera cincuenta mil dólares.

Antes de que tuviera tiempo de contemplar esa posibilidad, la puerta del despacho se abrió y salió el mismo hombre de aspecto adusto que había entrado diez minutos antes. Le dedicó una mirada valorativa y tuvo la impresión de que Quinn y él habían estado hablando de ella.

–Señorita Montgomery, el señor McCain la recibirá ahora –dijo la recepcionista.

Evie entró con aire despreocupado en el despacho. En el momento en que vio el rostro de Quinn, supo que había sido un error ir. Supo que sus esperanzas de que hubiera olvidado lo que pasó, de que incluso la hubiera perdonado, eran infundadas. Su expresión así lo decía.

Estaba de pie tras su mesa, con todos los músculos de su cuerpo en tensión, como si ella fuese una medusa de su pasado que lo había convertido en una estatua de odio contenido. Pero, claro, como era Quinn, no parecía enfadado porque ella se hubiera presentado allí. No, parecía fosilizado. El mismo aspecto que cuando algunos profesores preocupados intentaban hablar con él del problema de alcoholismo de su padre.

Seguramente era la única persona en el mundo que sabía que su desinterés completo en realidad significaba una hirviente cólera. Y no se había movido. No la había perdonado. Y no le prestaría el dinero. Tendría suerte si no llamaba a los guardias de seguridad para que la sacaran de allí.

Una risita histérica empezó a burbujearle en el pecho. ¿Tendrían los directores generales de las empresas de seguridad guardias de seguridad? La verdad era que no tenía aspecto de necesitarlos. Con los años sus hombros se habían ensanchado. Su físico, que siempre había sido alto y enjuto, como el de un nadador, había desarrollado volumen. No, no necesitaría a nadie para echarla. Parecía más que capaz de hacerlo solo. Incluso podría disfrutarlo.

Pero ella se había pasado la vida enfrentándose a situaciones difíciles. Aquello no sería distinto.

–Hola, Quinn. Ha pasado mucho tiempo.

Esperó alguna clase de réplica del tipo de «no lo bastante», quizás.

Pero él se limitó a asentir sin que de su rostro desapareciera el frío gesto de disgusto.

–Evie –acompañó la palabra de una breve inclinación de cabeza.

Sólo por ese gesto supo que era un saludo y no un insulto.

–¿Cómo te ha ido? –preguntó ella. Le pareció grosero saltar directamente al tema del dinero.

–Dejemos a un lado las formalidades. Debes de querer algo de mí o no estarías aquí.

–Así es –hizo un gesto en dirección a la silla que había frente a la mesa–. ¿Puedo sentarme?

Pareció considerar la pregunta un minuto antes de asentir.

Quizá si los dos estaban sentados, podría controlar su miedo de que saltara por encima de la mesa y cayera sobre ella como un puma. Sin embargo, en lugar de sentarse cuando ella lo hizo, siguió de pie apoyado en la mesa con una humeante taza de café en la mano.

–Debes saber que sea lo que sea lo que quieras, no te lo daré.

–No es para mí, si eso supone alguna diferencia.

–Ninguna.

El Quinn que había conocido hablaba con un ligero acento del este de Texas, pero ese Quinn había cambiado sus arrastradas sílabas por un blando acento del Medio Oeste. ¿Qué más pasado habría ocultado?

Aunque eso no le importaba. Estaba allí sólo por una razón. Para salvar a su hermano pequeño.

–Es por Corbin.

–No me importa...

Ella habló a toda prisa interrumpiendo su argumentación con una desesperación palpable.

–Te necesito, Quinn. Sabes que no te pediría ayuda si pudiera recurrir a alguien más –él no dijo nada, así que siguió hablando–: Se ha metido en líos y debe dinero a una gente. Esa gente, los hermanos Mendoza... tengo un amigo que está en la policía que me ha hablado de ellos. Son... –no tuvo fuerzas para repetir lo que había oído.

Parecía que los Mendoza eran las nuevas promesas del crimen organizado de Dallas. Se estaban haciendo un nombre siendo más brutales y despiadados que ninguno de sus competidores. Estaban relacionados con una cadena de sangrientos crímenes, pero la fiscalía no había sido capaz de acusarlos de nada.

–Corbin dice que lo han amenazado. Le van a cortar un dedo o algo así. Pero creo que se equivoca. Creo que va a ser mucho peor. Tiene miedo. Y yo tengo miedo por él.

Corbin era la única familia que le quedaba. Desde que su madre había muerto cuando era una adolescente, su relación con su padre se había hecho cada vez más hostil. No podía perder también a Corbin.

Por un momento, la mirada de Quinn pareció suavizarse mientras la estudiaba. Entonces se irguió y rodeó el escritorio alejándose de ella.

–¿Por qué has recurrido a mí? Supongo que querrás que me encargue de ellos –hizo un amplio gesto con la mano, como apartando a un lado los problemas de Corbin–. Supongo que piensas que como tengo una empresa de seguridad tengo una legión de matones a mis órdenes, pero ésa no es la clase de trabajo que hago.

–Sé lo que haces.

Arqueó una ceja como diciendo: «¿De verdad? Demuéstralo».

–Haces dinero –afirmó sucinta–. Mucho. Sé lo que vales.

Arqueó la otra ceja. Lo había sorprendido.

–No quiero que resuelvas su problema, quiero que pagues la deuda.

–Necesitas dinero –dijo despacio, añadiendo con ironía–: ¿Y no tienes nadie más a quien pedírselo?

A pesar de la vergüenza que sentía, se obligó a no apartar la mirada.

–No hay nadie más.

–Tu padre era el dueño de la mitad del condado.

No había hablado con su padre en más de diez años, pero la semana anterior había ido a implorarle. Se había puesto literalmente de rodillas. Le había pedido el dinero. Y le había dicho que no. En realidad se lo había escupido.

Su padre le había amargado la infancia con su obsesivo control. Le había arrancado la felicidad de las manos. Le había arrebatado a Quinn. Si no podía pedirle a él el dinero, entonces se lo podría pedir a Quinn... quien una vez la había amado. Seguro que si se lo explicaba...

–Ya conoces a mi padre –sonrió valiente esperando despertar algo de la antigua camaradería–. No aprueba el juego. Desheredó a Corbin hace dos años.

–¿Y tú no puedes dejarle el dinero?

–Debe mucho –suspiró–. Cincuenta mil dólares. Podría hipotecar mi casa, pero pasarían semanas antes de que me dieran el dinero y, francamente, no vale mucho. Quizá conseguiría veinte o treinta mil.

–¿Quieres que te firme un cheque por cincuenta mil dólares? –preguntó con una sonrisa cínica.

–Sé que los tienes.

–¿Y por qué habría de dártelos? –su sonrisa se ensanchó.

–Tienes más dinero del que jamás soñaste. Es sólo una gota en el océano.

–¿Y por qué habría de dártelo? –repitió más despacio.

Ella consideró la pregunta un segundo ponderando por qué había estado tan segura de que la ayudaría. Deseando que la mirara a los ojos, respondió lo más sinceramente que pudo.

–Por nuestro pasado, supongo. Porque una vez me amaste. Porque una vez juraste que harías cualquier cosa por mí. Porque...

–No –se enderezó y rodeó la mesa.

Mientras se sentaba en su silla, Evie tuvo la sensación de que la estaba despachando. Sintió pánico en la garganta.

–¿Así? ¿No?

Alzó la vista con gesto de «¿sigues aquí?».

Había trabajado duro los últimos diez años para controlar su impulso rebelde, pero estar frente a Quinn despertaba toda su capacidad de desafío adolescente.

–¿Así? ¿No? –repitió.

Reprimió la tentación de decir más cosas. No conocía a ese nuevo Quinn, pero la lógica le decía que mostrándose furiosa no conseguiría el dinero que necesitaba.

–Pensaba que podrías ofrecerme un poco más que eso.

–Soy un hombre de negocios, Evie. ¿Qué obtendría a cambio de ese dinero?

–La hipoteca –dijo sin pensar–. Empezaré con eso y haré los pagos. Yo...

–No –sacudió la cabeza–. No me parece un buen rédito para mi inversión.

Estaba jugando con ella. Era evidente que disfrutaba teniéndola a su merced. Resultaba un poco aterrorizador ese brillo de satisfacción en sus ojos. El hombre que tenía delante era un extraño.

Era gracioso que a Quinn eso no le hubiera gustado de adolescente. Había sido respetuoso, incluso tímido. Estaba actuando así en ese momento sólo para castigarla.

Nunca había llevado bien que la presionaran. Por eso su padre y ella no se trataban. Toda la frustración que hervía dentro de ella encontraba el modo de salir en el peor de los tonos.

–Si quieres estar enfadado conmigo, está bien. Pero no es culpa de Corbin. Es inocente.

–Si estaba tratando con los hermanos Mendoza, está muy lejos de ser inocente.

–¿Entonces sabes quiénes son? –se puso en estado de alerta.

–Sí.

–Entonces sabes lo desesperada que es la situación.

–Sí.

–¿Y aun así no me ayudarás?

–No sé por qué debería hacerlo.

Había vuelto al tono glacial. Evie hizo un esfuerzo para mirar por debajo de ese tono. Para encontrar alguna grieta en ese muro que había levantado entre los dos.

En algún lugar bajo esa fría fachada estaría el chico que una vez la había amado. Sólo tenía que conseguir hallar las palabras adecuadas para liberarlo.

–¿Qué es exactamente lo que quieres de mí, Quinn? Ya me he disculpado. ¿Quieres que te lo ruegue?

–¿Quieres saber lo que quiero? Quiero una compensación por lo que me hicisteis tú y tu familia. Te quiero a ti... –la señaló– completamente a mi merced.

–Estoy completamente a tu merced –se apoyó las manos en las caderas y lo miró a los ojos–. No tengo nadie más a quien recurrir. Nadie más puede ayudarme.

–Vale –dijo él cruzando los brazos–. Entonces quiero la noche de bodas que jamás tuve. Te quiero en mi cama sólo una noche.

–¿Quieres que me acueste contigo por dinero? ¿Quieres que me prostituya?

–Llámalo como quieras, pero sí, eso es lo que quiero.

Una parte de él esperaba que lo abofeteara. O que le tirara algo. Pero ella se limitó a mirarlo como si hubiese sido ella la abofeteada. Tenía los ojos muy abiertos y estaba pálida por la conmoción. Pero no salió huyendo. No se marchó. No hizo nada de lo que esperaba que hiciera.

Había hecho una proposición tan ultrajante sólo porque sabía cómo reaccionaría. La Evie que él había conocido jamás habría dejado a un tipo que le hiciera semejante proposición. Jamás se arredraba ante un reto. Nadie la acosaba. Cuando la empujaban, devolvía el empujón.

Así que le había hecho esa proposición sabiendo que eso provocaría una bronca. Pero en lugar de enfadada parecía confundida. Quizá herida. Como si hubiera sido lo último que esperara de él. Y entonces, como si él no se estuviera sintiendo como el clásico imbécil que va dando patadas a los perros, la miró y en su expresión vio el efecto completo de sus insultantes palabras. Las mejillas de Evie se colorearon ligeramente.

Todo en él le impelía a retirar esas palabras. El chico de dieciocho años que una vez había sido se alzó en su cabeza convenciendo al hombre que era para que la protegiera. Sólo él sabía lo mucho que aborrecía ser vulnerable. Lo mucho que odiaba pedir algo. Sabía lo duro que debía de ser eso para ella. Quería tomarla entre sus brazos y mecerla. Prometerle hacer cualquier cosa a su alcance para mantenerla a salvo. Para protegerla. Siempre.

No podía ser así, tenía que ser más fuerte. Era más fuerte. Tenía que sacarla de allí, ya.

–Acepta mi oferta. Acéptala o vete.

Ella simplemente apretó los labios en un gesto de «esperaba algo mejor de ti», se dio la vuelta y se marchó. Él se recostó en la silla mientras el alivio lo llenaba. Se había ido. No tendría que volver a tratar con ella. Podía volver a su vida normal. O eso creía.

No habían pasado quince minutos cuando la puerta se abrió con tanta fuerza que golpeó contra la pared. Evie, con gesto de determinación se acercó a su mesa y puso encima con un golpe una tarjeta de visita. Lo miró fijamente y dijo:

–Ahí tienes mi correo electrónico. Hazme saber la hora y el lugar y allí estaré. Lleva el talonario.

Un momento después se había ido y él se quedó mirando fijamente la tarjeta color crema.

Capítulo Dos

La tarde del viernes a las ocho y cuarenta y dos, aproximadamente veinticuatro horas después de recibir un correo electrónico que ponía simplemente: «En tu casa a las nueve, el viernes», Evie estaba empezando a preguntarse si no debería replantearse su estrategia.

Mientras recorría una y otra vez el salón, una sola pregunta la asaltaba: ¿cómo demonios había terminado metida en esa situación? Cuando llegó al centro de la habitación, rodeó a Harry, su viejo y artrítico greyhound. Se acercó al sillón de terciopelo rojo que miraba a la chimenea y se sentó en el borde dejando bastante espacio a los dos gatos que estaban acurrucados juntos formando un ying y un yang casi perfectos.

Annie, la gata negra, maulló protestando. Oliver, el gato gris, estiró una pata y empujó la pierna de Evie. Comprendió la indirecta y se levantó mirando con el ceño fruncido a las inútiles criaturas.

–Deberíais reconfortarme en lugar de echarme de mi sillón.

Pensó que el trato que le había ofrecido Quinn tenía que ver con algo más que la venganza. Su familia lo había herido. Lo había castigado por amarla. Ella, involuntariamente, había empeorado las cosas el miércoles. Había herido su orgullo.

Sabía que en realidad no la deseaba. Aquello no tenía nada que ver con el sexo. Lo que era bueno, porque no tenía ninguna intención de acostarse con él. Él sólo necesitaba representar esa farsa para sentir que había recuperado su dignidad.

Parecía que el modo en que había terminado su relación le había hecho mucho daño. Pero en lugar de seguir con su vida, como había hecho ella, había vendado sus heridas con riqueza y éxito. Las heridas estaban ocultas para la mayoría de la gente, pero jamás habían cicatrizado.

Si todo iba bien esa noche, lo obligaría a enfrentarse con su pasado. Sería bueno para los dos. Hablarían de su breve matrimonio como adultos razonables, después de todo, ella era una mediadora cualificada. Sabía lo que hacía.

Al principio él podría resistirse, pero al final vería lo beneficioso de hablarlo todo. Y quizá, sólo quizá, entonces podría pedirle que le prestara el dinero. No que se lo diera, y desde luego no a cambio de... bueno, de nada. Sólo un sencillo préstamo que sería capaz de pagarle en... bueno, ochenta o noventa años. Su plan funcionaría. Porque la alternativa era impensable.

Para no pensar en lo que realmente era la alternativa, se dirigió a la cocina en busca de algo que le calmara los nervios. Al fondo de la despensa encontró una botella mediada de tequila que había quedado de las margaritas de la fiesta de Óscar. El timbre sonó justo cuando le quitaba el tapón. El sonido la dejó paralizada. Bebió un trago directamente de la botella haciendo una mueca mientras el tequila le bajaba quemando por la garganta. Aún sentía el calor en la boca cuando abrió la puerta.

Quinn no dijo nada. Se quedó de pie con el rostro

en sombras dado que la luz que salía de la casa no conseguía iluminarlo.

–Hola, Quinn –dijo con voz remarcadamente tranquila.

«Verás lo fácil que va a ser esto. Dos adultos teniendo una conversación razonable».

La miró de arriba abajo, su mirada era fría mientras recorría los vaqueros y el suéter abrochado hasta arriba. Sus ojos se detuvieron en la boca haciendo que de repente fuera consciente de que se había estado mordiendo nerviosa los labios toda la tarde. Una expresión que no pudo interpretar cruzó su rostro. Si no lo hubiera conocido, si no hubiera sabido cuánto resentimiento sin resolver tenía hacia ella, habría interpretado su mirada como de deseo.

Dio un paso atrás para que pudiera entrar en la casa. En lugar de pasar a su lado, se detuvo a pocos centímetros de ella.

–¿Hay algún problema? –preguntó decidida a no notar cómo la miraba.

–Interesante vecindario –dijo arrastrando un poco las sílabas.

Vivía en el ecléctico sur de Dallas, en el barrio de Oak Cliff. Su calle estaba llena de geniales casas antiguas, algunas de las cuales, como la suya, habían sido cuidadosamente restauradas y otras permanecían en un estado de negligente abandono. Esa parte de la ciudad tenía mala reputación, aunque era mucho más segura que veinte años antes.

–Gracias –sonrió haciendo como que interpretaba su comentario como un cumplido mientras daba un paso atrás para dejarle pasar.

Era agudamente consciente de que así, con los vaqueros y el suéter de algodón, tendría un aspecto muy casero, como su acogedor y desaliñado salón con su arañada tarima y sus antigüedades de mercadillo. Él, con su traje a medida, parecía completamente fuera de lugar.

–No es exactamente el sitio en el que habría esperado que viviera la hija de Cyrus Montgomery.

–Me gusta. Y no te preocupes, tu Lexus estará bien aparcado en la calle. Seguramente.

No debía provocar una discusión con él, pero sentía que debía defender su pequeño bungaló dado que la mayor parte de la reforma la había hecho ella misma. Y Quinn, más que nadie, debería ser capaz de recordar su pasado.

Él ignoró su comentario. La sorprendió agarrando con una mano el borde del suéter. El calor de sus nudillos acarició la piel de su vientre mientras jugaba con la tela.

–Por cincuenta mil dólares habría esperado un poco más de esfuerzo. Algo de seda, quizás.

–Con mi sueldo no puedo permitirme lencería de seda.

Él arqueó una ceja y un gesto de sorpresa pasó por su rostro.

Se maldijo de inmediato. No había sido la respuesta correcta. «Bueno, gordo estúpido, tengo un armario lleno de ropa interior sexy que no vas a ver jamás». O quizá: «Si quieres ver la de seda, ofréceme más dinero». Algo que no hiciera que pareciera que lo había invitado por propia voluntad. Abrió la boca para soltar un hiriente insulto, pero antes de que pudiera hacerlo él hizo un gesto en dirección a la botella de tequila que tenía en la mano.

–¿No me vas a ofrecer un trago?

En ese momento recordó ella la botella.

–Se me había olvidado que la llevaba.

Entonces deseó no haber dicho tampoco eso. Aún peor, cuando habló, él se inclinó hacia ella y fue evidente que le llegó su aliento a alcohol. Una sonrisa malévola iluminó su rostro.

–Has estado bebiendo antes de que llegara, debes de estar realmente nerviosa.

–Es eso lo que querías, ¿no?

–¿Crees que quiero ponerte nerviosa?

–Claro que sí –contenta por haber pasado tan deprisa del tema de la lencería, se dirigió a la cocina sin preocuparse de mirar si la seguía–. De eso va todo esto, ¿no? Es lo que dijiste el otro día. Me quieres completamente a tu merced. Me quieres vulnerable.

Sacó dos vasos de un armario. Sirvió tequila en los dos y después se dio la vuelta para darle uno.

Él la estudió durante un minuto antes de aceptar la bebida.

–Eso fue lo que dije.

Apoyando una cadera en la encimera de la cocina, buscó en el rostro de él alguna señal de que estuviera arrepentido de su desagradable proposición, pero a pesar de la tensión de las líneas de alrededor de la boca, no encontró ninguna señal de arrepentimiento.

Ese nuevo Quinn era áspero y fuerte. Duro. Con las defensas bien alzadas en su sitio como las murallas de un castillo. Pero también era receloso. Sobrio. Quizá herido.

–Vamos al grano –dijo ella.

–¿Quieres saltarte la copa e ir directa a la cama? –arqueó una ceja.

Sí que era duro, sí.

–Esto no tiene nada que ver con el sexo –dijo ella.

Mientras hablaba lo sobrepasó y salió de la cocina de vuelta al salón donde el espacio era un poco menos agobiante. Sólo había dado unos pocos pasos dentro del salón cuando la agarró de un brazo y la hizo girar sobre sí misma hasta ponerla de cara a él.

–¿No? –preguntó.

–No.

Era difícil no desconcertarse. Después de todo, estaba acostumbrada a hablar de toda clase de temas personales y difíciles con extraños. Pero jamás se hablaba de temas que para ella eran personales. Su trabajo era ser empática, pero desapasionada. No podía implicarse. Así que se bebió un sorbo de tequila antes de seguir presionando.

–Esto tiene que ver con la venganza. Mi familia te trató mal y ahora quieres cobrártelo en carne.

Las palabras de Evie fueron un duro golpe para la contención que estaba intentando mantener con gran esfuerzo. Estaba de pie frente a él, insolente, ya no era la amable y sonriente señorita que había estado en su despacho, sino la mujer confiada que se ocultaba debajo del recatado suéter. Aun así podía ver atisbos de la chica que fue. Los rizos castaños le seguían cayendo sobre los hombros en desafiantes olas. Pero parecía haber atemperado su arrogancia con madura moderación. Casi habría dicho que estaba intentando mantenerlo a una distancia profesional.

–¿Tu familia me trató mal? –preguntó mordaz.

–Sí –dijo ignorando el énfasis que había puesto en «familia». Se soltó el brazo–. Realmente entiendo que estés tan enfadado.

–Oh, sí, eso es muy generoso por tu parte.

–Después de todo –siguió en un tono que rozaba con lo amable, mientras se dirigía al sofá tan tranquila como si estuvieran hablando del tiempo–, mi padre te trató realmente mal.

–¿Tu padre? –preguntó otra vez mientras su indignación crecía. ¿Le había roto el corazón y pensaba que tenía que estar enfadado con su padre?–. No puedes pensar en serio que esto tiene algo que ver con cómo me trató tu padre.

–Claro que sí –perdió ligeramente la compostura. Cruzó y descruzó las piernas inquieta–. Querías venganza. Es natural, dado que él no está, que la ejerzas sobre mí.

–¡Es para morirse de risa! –casi se echó a reír por su audacia–. ¿Tratas de que se reduzca mi ira o sinceramente crees que no eres responsable de lo que pasó hace catorce años?

Parecía que no podía seguir sentada. Se levantó bruscamente convertida en la desafiante y rebelde Evie que había conocido. Alzó la barbilla y lo miró directamente a los ojos.

–Tenemos igual parte de culpa en lo que pasó. Ambos tenemos cosas que reprocharnos.

–A ver si lo he comprendido. ¿Me echas la culpa a mí?

Al oír la voz de Quinn más alta de lo normal, el perro, que dormía desde su llegada, alzó la cabeza y parpadeó somnoliento antes de volver a bajarla de nuevo hasta el suelo.

A pesar de su tono confiado, Evie frunció el ceño como si, por un segundo, estuviera desconcertada por su indignación.

–No te echo la culpa sólo a ti. Los dos somos responsables. Y creo que lo mejor sería que los dos habláramos de lo que pasó.

–Yo creo que no.

–Si lo hablamos de un modo abierto –ignoró su afirmación–, creo que podríamos pasar página.

–Oh, ya hemos pasado página muy bien –pero no era así.

Cuanto más hablaba ella, más protestaba él. Y más obvio resultaba que él estaba mintiendo.

–Si pudiéramos simplemente admitir los errores que ambos cometimos...

–¿Los errores que ambos cometimos?

Había cometido el error de confiar en ella. De creer que podía amarlo. De amarla.

Y en ese momento había cometido el error adicional de dejarse manipular e ir allí. No debería haberla visto en primer lugar. La humillación de que toda su empresa hubiera sabido que no podía enfrentarse a su ex habría sido mucho mejor que todo ese lío.

–¿De verdad esperabas que eso fuera lo que sucedería esta noche? –caminó hacia ella–. ¿Pensabas que vendría aquí, me tomaría una copa y nos dedicaríamos a hablar de los recuerdos del pasado?

–No habría utilizado la palabra recuerdos, pero... –parecía sorprendida.

–¿Qué? ¿Luego te daría los cincuenta mil y ya está?

–Bueno, yo... –protestó.

Podía verlo en sus ojos. Eso era lo que había pensado que sucedería.

–Realmente tienes que tener un gran concepto de tu capacidad de conversación –o quizá era más ajustado hablar de su capacidad de manipularlo y controlarlo.

Ella pareció hundirse, se mostró tan desequilibrada como lo estaba él. Pero después se encogió de hombros y dijo:

–Lo que en realidad pienso es que tenemos mucho de qué hablar.

–Pero esta noche no he venido para eso. No ha sido por eso por lo que he accedido a darte cincuenta mil dólares.

Ella dudó un segundo y él pensó que ya la tenía. Imaginó que estaba tratando de mantener la compostura. Entonces sus palabras desmontaron la composición que se había hecho.

–¿Qué estás diciendo, Quinn? ¿Que de verdad has venido esta noche aquí para acostarte conmigo?

–Ése era el plan –dijo en tono severo.

Los separaban pocos centímetros, la miraba desde arriba y ella sostenía su mirada desde abajo.

–¿El plan? Creo que «amenaza» es una palabra mejor.

–No intentes hacer que parezca yo el malo aquí –pero mientras lo decía era consciente de que no había otro papel para él.

Estaba actuando como un imbécil. Lo sabía, pero le daba igual.

¿Qué había esperado ella? No podía haber pensado que él iría sólo a charlar. Como si fueran fanáticos de las conversaciones de té.

–¿Qué quieres de mí, Evie? –la agarró de los brazos y deseó zarandearla por la frustración. En lugar de eso, notó su calor a través del suéter. Los brazos eran pequeños, pero fuertes. Como ella–. Además del dinero, quiero decir. ¿Quieres que me humille y ruegue tu afecto? ¿Quieres que vuelva a enamorarme de ti? ¿Que quede tan cautivado que olvide lo mal que me trataste hace catorce años?

–¿De verdad piensas eso? ¿Que mi plan era tenderte una trampa? –le empujó del pecho y se soltó los brazos–. ¿Que en mi elaborado plan para seducirte y hacer que te enamores de mí otra vez me pondría unos vaqueros y un suéter viejo?

Se tiró del borde del suéter llena de falsa indignación. Como si fuera completamente inconsciente de lo tentadora que resultaba. Como si no hubiera elegido esos vaqueros porque le realzaban las caderas y enfatizaban la estrecha cintura. Evidentemente, podía no saber todo eso, porque ella seguía hablando como si no estuviese a pocos segundos de quitarle la ropa.

–¿O quizás crees que voy mucho más lejos? A lo mejor piensas que me he inventado toda la situación. Que mi hermano en realidad no está en peligro. Que en realidad no necesito el dinero. Que he pensado que apareciendo ante ti de un modo tan patético conseguiría avivar tu deseo.

Buscó una respuesta, pero no se le ocurrió ninguna. ¿Qué podía decir que no revelara que la deseaba? A pesar de sí mismo, la anhelaba. Recordaba exactamente su sabor. La sensación de tenerla entre sus brazos.

Pero no quería quererla. Con cada fibra de su cuerpo quería odiarla. Y eso hacía que se despreciara a sí mismo casi tanto como quería despreciarla a ella.

Sus sentimientos debían de notársele en el rostro porque después de contemplarlo un largo minuto, Evie sacudió la cabeza y dijo:

—Eso es lo que no entiendo. Si realmente estás tan furioso conmigo, si todo esto lo haces para humillarme, ¿entonces por qué has elegido esto? —extendió las manos para describir la situación.

—No sé a qué te refieres —dijo él haciéndose el tonto, que le pareció lo más seguro.

—Si lo que quieres es una compensación, tiene que haber un centenar de formas más de pisotear mi dignidad. ¿Por qué has elegido este camino, qué pretendes? Si te resulto tan desagradable, ¿por qué meter el sexo en todo esto?

—¿Es eso lo que crees? ¿Que me resultas desagradable?

—Bueno, parece bastante evidente —el enfado se le notaba en la voz—. Es obvio que me odias. ¿Por qué quieres acostarte conmigo?

Por supuesto, no podía admitir la verdad. Que sus sentimientos eran tan vivos que le había hecho esa proposición sólo para sacarla de su despacho. Incluso sabiendo que lo estaba manipulando, la deseaba. Incluso mientras lo utilizaba para conseguir dinero. Aún seguía sintiéndose atraído por ella. Por su bravuconería. Por su salvaje vena rebelde que nunca podía mantener controlada durante mucho tiempo.

Y ése era el fatal punto débil de su plan. Había pensado alejarla de él con su conducta arrogante y detestable. Con cualquier otra mujer eso habría funcionado. Pero había olvidado una cosa. Evie sacaba lo mejor de ella cuando estaba arrinconada. Si no tenía cuidado volvería a enamorarse de ella otra vez.

Diablos, tendría suerte si conseguía salir de allí sin caer de rodillas suplicando perdón.

Lo miraba expectante, esperando una respuesta. Como no tenía nada que decir, escapó con otra medio mentira.

—¿Has oído hablar de la navaja de Occam?

—Por supuesto. El principio científico de que la explicación más sencilla es la más plausible.

—Exacto —porque admitir su deseo físico era más fácil, por no mencionar más seguro, que admitir la verdad. Que lo atraía en todos los sentidos—. La explicación más simple de por qué he propuesto este arreglo es que te deseo. Te quiero en mi cama.

—Pero si ni siquiera te gusto.

—Soy un hombre. No tienes que gustarme para encontrarte atractiva.

—Bueno, soy una mujer y, hablando en general, no nos atraen los hombres que no nos gustan. Lo que supone una razón más por la que no voy a acostarme contigo.

La mirada de ella era un puro desafío. Casi creyó lo que decía, que la pasión entre ambos había sido enterrada por completo por las amargas emociones del pasado. Pero a él no le había ocurrido y no podía creer que le hubiese sucedido a ella. Y no podría vivir si no descubría si ella se estaba marcando un farol, lo mismo que él. Y la única forma de averiguarlo era besarla.

Evie no se creía que fuese a besarla hasta el momento en que sus labios se encontraron. Por un momento se resistió a su abrazo. No luchó. No trató de liberarse de sus brazos. No exigió que la soltara, pero se resistió. Trató de mantener las barreras emocionales. ¿Quería besarla? Bien. ¿Quería humillarla? Vale, quizá después de lo que le había hecho su familia, tenía que aceptarlo.

Sin embargo, no pensaba dejarle ir más lejos. No se había creído ni un minuto que aquello tuviera algo que ver con el deseo sexual. Su tacto era demasiado impersonal. Su abrazo demasiado frío.

Entonces el beso cambió. Sus labios se suavizaron, sus manos se volvieron más cálidas, su cuerpo se acercó al de ella. No lo vio venir. Sucedió antes de que pudiera volver a alzar las defensas. Antes de que pudiera hacer lo que debería haber hecho antes: poner fin al beso y poner distancia física, por no mencionar la emocional, entre los dos.

De pronto no estaba besando a un extraño de sangre fría. Ese hombre había desaparecido. Y en un momento estaba besando a Quinn.

Quinn. A quien había amado como no había amado a nadie. Quien había sido su única luz durante su difícil adolescencia. Quien siempre le había hecho reír. Quien había escuchado sus ideas. Quien había esperado de ella más que nadie. Quien le había hecho ensanchar sus límites.

Quinn era la juventud y la esperanza. Era fuerza y desafío. Hablaba a la parte salvaje de su alma. A los rincones más inquietos de su espíritu.

Con sus labios moviéndose sobre los de ella, con su fragancia en su nariz, Evie volvió a sentirse con dieciséis años. Llena de esperanza y ansias de vivir. Emocionada por el placer que corría por sus venas. Aturdida por el poder de dar tanto placer como el que recibía.

34

Perdida en esos recuerdos, todo su ser se entregó al beso. Rodeó los hombros de él con los brazos. Y, ¡maldición! Esos hombros eran realmente hombros, no relleno debajo de la chaqueta. Tampoco había un vientre flácido debajo de la camisa.

Se agarró de las solapas de la chaqueta para bajársela por los hombros. Por un momento él la soltó para dejar que la prenda resbalara hasta el suelo.

A pesar de sí misma, se deleitó en el abrazo de Quinn y en la sensación de sus manos sobre el cuerpo. Como si hubiera vuelto a casa después de años de estar perdida en el mundo sin él.

Quería seguir besándolo siempre. Quería pasar horas, días, explorando su cuerpo. Quería quitarle la ropa y entregarse a la desenfrenada pasión.

Enterró los dedos en su cabello profundizando el beso, aplastando su cuerpo contra el de él. Sentía un cosquilleo en cada célula por el contacto, pero él mantenía las manos firmes en los hombros. Entonces Quinn dio un paso adelante haciéndole retroceder. Y otro. Sintió la pared en la espalda lo que le dotó del apoyo necesario para acercar aún más su cuerpo al de él. Pero quería más. No sólo quería tocarlo, quería meterse debajo de su piel. Acurrucarse en el santuario de su alma y no salir jamás.

Entonces, tan bruscamente como había empezado el beso, terminó. La soltó y se alejó de ella.

–Bueno –dijo él pasándose el pulgar por el labio inferior–, ha sido interesante.

Evie parpadeó demasiado conmocionada para hacer nada más.

–Evidentemente te sientes más atraída por mí de lo que pensabas –dijo él.

Hizo una pausa y la valoró con la mirada fríamente. Lo que la hizo dolorosamente consciente de su acelerada respiración. De la sangre caliente que latía en sus venas. Del pulso de su deseo.

Lentamente se dio la vuelta, su expresión era indescifrable, se metió las manos en los bolsillos.

–Yo, sin embargo, encuentro que no estoy tan deseoso de pasar por alto los defectos de tu personalidad como creía que lo estaba. Así que puede que haya mentido. Puede que sí que tenga que ver con la venganza. Porque me he dado cuenta de que no puedo seguir adelante con esto.

–Espera –dio un paso adelante alzando la mano para dejarla caer al momento–. ¿Adónde vas?

–A casa –dijo sencillamente recogiendo la chaqueta del suelo y colgándosela del brazo–. Me acabo de dar cuenta de que necesito una ducha caliente.

Viéndolo marcharse sólo un pensamiento coherente surgió del caos de su cerebro.

–¿Qué pasa con el dinero? –preguntó.

Quinn se dio la vuelta ya casi en la puerta.

–Es cierto. Se suponía que todo esto era por dinero, ¿no? –la miró con frialdad de arriba abajo–. No te lo has ganado.

Capítulo Tres

Evie se vino abajo como si le hubiera dado una bofetada, pero se recompuso enseguida.

–Eres tú quien abandona. Eso significa que estás rompiendo nuestro trato. No yo.

Estaba demasiado desconcertado por su propia exhibición de debilidad. Tenía que salir de allí antes de hacer algo realmente estúpido, como rogarle que lo perdonara. Era lo único que podía hacer: reconocerse a sí mismo que estaba actuando como un auténtico cerdo. Otra cosa muy distinta era que lo admitiera delante de alguien más. Mucho menos delante de ella.

Lo agarró del brazo en el momento en que alcanzaba la puerta.

–Tiene que haber otro modo. Me lo prometiste –su tono era de ruego, pero lo que había en sus ojos fue lo que realmente lo alcanzó.

«¿Y qué pasa con las promesas que tú me hiciste?», deseó preguntar.

La promesa de amarlo. De mimarlo. De vivir con él. De hacerse vieja con él.

Pero en lugar de eso, la miró de arriba abajo y dijo:

–Eso era cuando pensaba que podías valer cincuenta mil dólares. He cambiado de idea.

***

La imagen de su rostro conmocionado, de las lágrimas que inundaban sus ojos, permaneció con él todo el camino de vuelta a su casa. Se temía que siguiera con él mucho más tiempo. Porque ya en casa, tumbado en el sofá de cuero, mirando sin prestar atención lo que ponían en la ESPN2, sólo podía pensar en Evie.

Estaba angustiado por cómo había sido volverla a besar. Entre sus brazos no le había parecido una tramposa. La había sentido como la chica que un día había amado.

¿Qué pasaba si se estaba equivocando con ella? ¿Qué pasaba si no era tan culpable de lo que había sucedido hacía tantos años? Aún peor, ¿y si no era la manipuladora niña rica que había pensado que era?

Ver su casa y cómo vivía hacían que esa posibilidad fuera completamente plausible. Sabía lo desesperada que era su situación económica. Antes de poner un pie en su casa había investigado sus finanzas. Había averiguado que vivían en esa casucha en ese barrio porque no se podía permitir otra cosa. Aun así él había actuado como un imbécil.

Desde que ella había reaparecido en su vida, había estado haciendo todo lo posible para sacarla de ella. Había sido insultante y grosero y ella seguía volviendo a por más. Aquello tenía que terminar. No podía seguir así mucho más tiempo. Era demasiado vulnerable a ella. Ya era bastante problema si todo lo que quería era acostarse con ella. Pero ésa era sólo la punta del iceberg. Quería protegerla. Apartarla de la vida hortera que llevaba. Sacarla de su barrio lleno de criminales y llevarla a una impoluta casa en las afueras.

Tenía que sacarla de su vida definitivamente. Y si costaba firmar un cheque de cincuenta mil dólares, lo firmaría. No podía arriesgarse a que volviera a pedirle el dinero. Sólo Dios sabía lo que haría la siguiente vez.

La vista desde la terraza del piso de Corbin siempre dejaba a Evie sin aliento. El aire era sorprendentemente fresco y olía ligeramente al romero que Corbin tenía en jardineras a lo largo de la barandilla. La vista de la zona histórica y el centro siempre la tranquilizaba. Desde esa distancia, los defectos de la ciudad desaparecían. No había nada sucio o feo.

No era una persona del tipo romántico, pero quizá el paso del tiempo le había hecho olvidar los defectos de Quinn, su terco orgullo para empezar, lo mismo que esos diecisiete pisos desdibujaban los peores aspectos de las calles de más abajo.

No sabía qué pensar de la conducta de Quinn la noche anterior. No pensaba que fuera una persona cruel. Pero se había comportado cruelmente. Aunque sin malicia, eso podía verlo. No, su ira había sido puramente defensiva.

Por supuesto eso no lo excusaba. Pensar que alguien que estaba dolido tenía derecho a ser mezquino era una actitud peligrosa. Incluso aunque se hubiera sufrido no estaba bien hacer daño a los demás. Aun así la entristecía pensar que él hubiera mantenido tanto tiempo ese resentimiento.

En ese momento Corbin entró en la terraza con una taza de café en una mano, la tensión que vibraba dentro de él quebró la breve ilusión de que ésa era otra de sus perezosas mañanas de sábado.

–Jamás he entendido cómo puedes permitirte vivir aquí –dijo ella–. Dada tu actual crisis financiera quizá deberías considerar mudarte a un sitio más pequeño y con un precio más ajustado.

–Nada de charlas hoy, hermanita –dijo él con una sonrisa amarga.

–Vale. Primero nos enfrentaremos a los de las pistolas que quieren tus vísceras, después abordaremos el asunto de vivir por encima de los propios medios.

–¿Cómo puedes hacer bromas en un momento como éste?

«¿Cómo no hacerlas?», quiso responderle.

–Eras mucho más divertido antes de deber una cantidad de dinero que da miedo –alzó las manos en un gesto de inocencia–. Vale, paro. Pero no puedo evitarlo. El humor negro es una enfermedad profesional de las trabajadoras sociales, ya lo sabes.

Lo que era cierto, la mayoría de las trabajadoras sociales, incluida ella, recurrían al humor para soportar las deshumanizadoras situaciones a que se enfrentaban en el trabajo.

Se bebió lo que le quedaba de café y dejó la taza en cualquier sitio, se giró en el asiento para mirar a su hermano. Corbin parecía tan descorazonado, ¿y quién podía reprochárselo? Le dedicó lo que esperaba fuera una palmada de ánimo en la mano.

–Encontraremos una solución. No te preocupes.

–Lo sé –sonrió–. Eres una gran hermana.

–Chico, eso es un clásico –dijo con una risita.

–¿Qué? –preguntó lleno de inocencia.

–Consigues criticarme incluso cuando dependes de mi ayuda.

–No quería...

–Sí –dijo ella–, crees que me entrometo.

–Claro que te entrometes –dijo antes de dar un sorbo a la taza de café–. La mitad del tiempo me tratas como a una de las mascotas que recoges en los refugios de animales.

No se molestó en decir que la mitad del tiempo él actuaba con menos responsabilidad que sus mascotas.

–Pero –señaló ella– da lo mismo lo enfadado que estés porque me entrometa, aceptarás mi ayuda, ¿verdad?

–No es que me moleste que te entrometas, hermanita. Me gustaría que te dedicaras más a vivir tu vida que a ocuparte de mí y de otros descarriados. Puede que yo no ande siempre por aquí...

Se le hizo un nudo en la garganta por la abierta referencia al peligro en que se encontraba. Por un momento, su cinismo casi desapareció y un destello de auténtico cariño brilló en sus ojos. Evie casi pudo imaginarse a los dos de niños. Que él era aún el hermano pequeño que la había buscado a ella para todo.

–Aprecio lo que haces, lo sabes –dijo él con una mueca en los labios–. Aprecio que vayas a esa fiesta esta noche para poder hablar a Quinn de mí.

–Sobre eso... –dudó un momento sintiendo una extraña punzada de culpabilidad por actuar a espaldas de Corbin.

¿De qué tenía que sentirse culpable? Corbin le había comprado una entrada para la velada de Messina Diamonds destinada a recaudar fondos para una obra benéfica. Era una recepción que todos los años se celebraba en Messina Diamonds. Incluso aunque fuera una obra benéfica en la que creía, una que sufragaba campamentos de verano para adolescentes problemáticos, jamás habría soñado con asistir a una de sus veladas. En parte porque jamás podría pagar el precio de la entrada, pero sobre todo porque jamás se arriesgaría a toparse con Quinn.

Cuando Corbin le había pedido por primera vez que recurriera a Quinn para conseguir el dinero, se había presentado con una entrada para ese evento con el fin de que pudiera utilizar esa oportunidad para encontrarse con él a solas. Sin embargo, ella había decidido asistir a la recogida de fondos sólo como última opción.

–Sobre eso... –empezó–, después de que hablamos decidí que ir al evento no era una buena idea.

Corbin giró la cabeza y le dedicó una mirada penetrante.

–Conozco a Quinn mejor que tú y no creo que reaccione bien si se le pone en una situación así. Así que concerté una cita y quedé con él antes.

–Acordamos que irías al evento.

Había un tono duro en la voz de Corbin que no había oído antes. No era frecuente que su errático hermano fuera así de firme en algo.

–Sé en qué quedamos, pero el factor sorpresa no nos habría favorecido. Él ya ha sido... –buscó una palabra en su cabeza para describir su respuesta– bastante difícil.

–¿Qué quiere decir difícil?

–Ha dicho que no –después se lanzó a tranquilizar a Corbin dejando a un lado los aspectos más desagradables de ese no–, pero se nos ocurrirá algo. Hablaré con papá otra vez. O quizá el tío Vermon. No hemos hablado con él desde hace años.

–No, aún tienes que ir esta noche. Vuelve a hablar con él –dijo su hermano.

–No pienso ir.

–Tienes que ir.

–Corbin, no me estás escuchando. Ha sido muy insistente. No va a darnos el dinero.

Pero Corbin ignoró sus protestas.

–Espera a ver lo que te he comprado –saltó del asiento.

Sintió curiosidad por ese arranque de energía y lo siguió. Estaba en el dormitorio sacando del armario un vestido de noche largo.

–Te he comprado esto para que te lo pongas en la fiesta –sacó el vestido y lo extendió sobre la cama.

El vestido era de seda brillante con bordados de plata que brillaban al moverlo. El cuerpo del vestido dejaba descubierta la espalda de un modo descentrado lo que lo hacía al mismo tiempo elegante e inesperado. Colgaba luego desde las caderas. El borde de abajo estaba terminado en un motivo de batik que le daba un aire muy exótico. Nunca había visto, mucho menos se había puesto, algo así.

–Oh, Corbin –murmuró incapaz de resistirse a acariciar el remate del vestido–. Eres un estúpido.

–¿Qué?

–Esto debe de haberte costado una fortuna.

–No ha sido para tanto –se encogió de hombros.

Lo dijo con tanta inocencia que casi se lo creyó.

–No puedes engañarme, Corbin. No siempre he sido pobre. No olvides que, antes de que muriera, mamá solía llevarme de compras a Dallas.

Aunque Dallas estaba a horas de su ciudad, allí era donde iba a comprar la elite de Mason.

–No insultes mi inteligencia pretendiendo que no sé lo que cuesta un vestido como éste.

–Conozco al diseñador –intervino Corbin–. Me lo deja a precio de coste.

–Y seguramente cuesta diez veces más de lo que tenemos cualquiera de los dos. Aunque fuera a ir, que no es así, no me lo pondría. Tengo en casa un vestido perfectamente aceptable.

Corbin la miró sin expresión durante un largo minuto antes de que un gesto de profundo disgusto ocupara su rostro.

–¿El rojo?

–Es burdeos, pero sí, ése es el que pensaba ponerme. Es muy bonito.

–Te lo has puesto en todas las Navidades de los últimos ocho años.

–Seis –protestó–. Y la mancha de vino apenas se nota.

–Parecerás una trabajadora social –dijo «trabajadora social» con la misma inflexión que habría utilizado para «técnica de tratamiento de aguas residuales».

–Soy trabajadora social.

–Pero no quieres parecerlo. No en un salón lleno de la gente más guapa y rica de Dallas. Así jamás atraerás su atención. Además ya no tienes el vestido burdeos.

–Claro que lo...

–Me he deshecho de él.

–¿Qué? –si hubiese sido otro, no le hubiese creído capaz, pero a su modo, Corbin era tan mandón como ella. Tirar su vestido para que tuviera que ponerse el que él había elegido era la clase de niñería que era capaz de hacer–. ¿Cuándo?

–La semana pasada cuando estabas fuera.

–¿Cuando estaba fuera? Querrás decir cuando estaba trabajando. O cuando estaba pidiendo dinero para ti.

Corbin puso los ojos en blanco. Por supuesto él jamás había pedido nada en su vida. No tenía ni idea de lo humillante que era. Particularmente cuando se acababa besando a alguien por quien no se tenía derecho a sentirse atraída. A la luz de todo eso, que su hermano hubiera tirado el vestido burdeos era la última de sus preocupaciones.

–No importa –dijo ella–. No voy a ir esta noche.

–Tienes que ir –agitó una mano sobre el vestido–. Y con esto puesto se fijará en ti. Estarás preciosa.

Por un instante dentro de su cabeza brilló una imagen de cómo sería aparecer en la fiesta con ese precioso vestido. No tenía un trabajo en el que se valorara la belleza. Así que no tenía ropa con la que se sintiera especialmente guapa. Sintió deseo de ponérselo. De sentir la suavidad de la seda. De sentir su peso cuando se meciera alrededor de las piernas.

De sentir el peso de la atención de Quinn cuando entrase en el salón. No la había deseado en vaqueros y un suéter viejo, pero quería verlo rechazarla llevando ese vestido.

«¡Déjalo ya! No vas a ir a la fiesta. No te vas a poner el vestido. No vas a intentar a atraer la atención de Quinn».

–Deja de intentar distraerme. Da lo mismo lo que parezca. No va a darme el dinero.

–Te quería, Evie. Y cuando te vea con este...

–Pero ya no me quiere. Ni siquiera le gusto. No va a darme el dinero porque lleve un vestido bonito.

–Evie –la reprendió–. Éste no es un vestido bonito. Es un vestido que quita el hipo. Tiene que verte con él.

–Pero...

–Sólo prométeme que irás –la agarró de las manos–. Vuelve a hablar con él. Prométemelo.

Le sudaban las manos y en su tono había desesperación.

–Corbin, ¿va algo mal?

–Nada. Quiero decir nada además de los malos de las pistolas que quieren mis vísceras –su sonrisa fue exageradamente brillante–. Quédate aquí y comunícate con el vestido. Voy a prepararte otra taza de café.

–No, ya he... –pero desapareció antes de que pudiera decir «tomado demasiada cafeína».

¿Qué iba a hacer con él? Su vida corría peligro y se dedicaba a prepararle café y comprarle vestidos caros. A veces parecía no tener ningún sentido común.

Echó un vistazo a su dormitorio. Cuando se había mudado allí, había decorado la casa un profesional en el estilo elegante que a él le gustaba. El piso era de exposición, pero él vivía como un patán. Jamás había hecho la cama.

Para no mirar el vestido, recorrió la habitación recogiendo ropa que estaba tirada fuera del cesto de la ropa sucia vacío en un rincón. Hizo la cama. Encontró una almohada debajo del colchón, la otra en el suelo lejos de la cama.

Cuando recogió las almohadas notó algo que salía de debajo de la cama. Un juego de planos.

Miró confusa el grueso montón de papeles. Corbin tenía muchas cosas que le interesaban, pero la arquitectura nunca había sido una de ellas. Los planos estaban tirados sin enrollar y algunas de las páginas estaban dobladas dejando ver una hoja entre ellas. Las palabras Messina Diamonds estaban escritas en la cabecera de la hoja.

Fue pasando de una página a otra sintiendo que el miedo se instalaba en su estómago. Había muchas hojas de cada una de las seis plantas que ocupaba Messina Diamonds en un edificio del centro de la ciudad. Planos de los pisos, instalaciones eléctricas y otros detalles del diseño. Después había otra hoja sobre el edificio en general. Algunas páginas dedicadas a McCain Security y otros negocios de los que no reconoció los nombres.

Oyó a su hermano acercarse por el pasillo e instintivamente escondió los papeles. Se incorporó justo cuando entraba por la puerta con el café.

–¿Qué haces? –el tono de Corbin fue cortante.

–Buscar tus almohadas –dijo rápidamente–. Ya me conoces, no puedo evitar ocuparme de ti.

Pero mientras aceptaba la taza de café y permitía a Corbin que la llevara de vuelta a la terraza, su mente volaba y su miedo crecía como la espuma. ¿En qué lío se había metido esa vez? ¿Para qué demonios quería los planos de una empresa con la que no tenía ninguna relación? Y si tenía alguna razón legítima para tenerlos, ¿por qué los ocultaba bajo la cama? La única conclusión a la que podía llegar era que fuera lo que fuera en lo que estaba metido Corbin, esa vez no podría ir detrás de él arreglando los desperfectos.

Una hora después, mientras miraba a Corbin colgar el vestido en la parte trasera de su viejo Civic, se dio cuenta de algo más. Esa mañana no le había pedido ni una vez que consiguiera el dinero de Quinn. Había dicho cosas como «habla con él» y «atrae su atención». No había dicho nada del dinero. ¿Significaba eso que tenía otro modo de conseguir el dinero que necesitaba? ¿Un modo que implicaba que ella viera a Quinn esa noche? Más específicamente, ¿que ella viera a Quinn con un vestido que quitaba el hipo?

Humm, un plan que implicaba una recogida de fondos en una empresa de diamantes, una mujer con un bonito vestido y el tipo encargado de la seguridad distraído. Quizá había visto muchas veces esas películas de *Ocean's*, pero aquello no tenía buen aspecto.

Fuera lo que fuera lo que Corbin estaba planeando, la estaba usando como distracción. Y ese bonito vestido era sólo un señuelo.

¿Tenía razón o estaba paranoica? Necesitaba una segunda opinión. Tenía que decírselo a Quinn.

¡Maldición! La única forma que tenía de ponerse en contacto con él era a través del teléfono del trabajo. Antes de su primer encuentro había agotado sin éxito todas las vías de conseguir un número personal. Y dado que las oficinas cerrarían el sábado por la tarde, eso le dejaba sólo una opción. Iba a tener que ir a la fiesta después de todo. E iba a tener que ponerse el bonito vestido porque no tenía nada apropiado para el evento.

Estaría imponente. De un modo más preciso: parecería como si quisiera parecer imponente. Como si estuviese tratando de recuperarlo. Por otro lado, él realmente no podría creer algo así. No mucho tiempo, desde luego. No cuando le dijera que su hermano estaba planeando robar Messina Diamonds.

Capítulo Cuatro

La noche del viernes debería haber sido la última noche que tendría que haber estado en la misma habitación que Evie. Y, de hecho, probablemente lo habría sido si no hubiese parloteado tanto sobre el maldito cheque. En lugar de eso, había firmado el cheque y lo había dejado la mayor parte de la mañana en una esquina de su escritorio. Ostensiblemente estaba esperando a mover algo de dinero, sólo para estar seguro. Aunque estaba acostumbrado a firmar cheques, ése era bastante grande para ser un capricho. La posibilidad de que estuviera esperando alguna señal por parte de ella era ridícula. No valía la pena considerarlo.

Aun así, para cuando estaba vestido para el evento en Messina Diamonds esa noche, todavía no había enviado el cheque a Evie.

Quinn jamás se había sentido cómodo en esos eventos de la alta sociedad. Sólo asistía por que Messina era su mayor cliente. Ya no llevaba él personalmente la cuenta, hacía mucho tiempo que le había dejado el trabajo a J.D. Roker, su muy competente segundo. Su amistad con Derek era lo único que conseguía meterlo en un esmoquin. Sin embargo, por mucho que confiara en Roker, siempre quería estar cerca cuando la empresa abría sus oficinas al público.

Cuando se encontró con Raina en el vestíbulo de Messina esa noche, se descubrió deseando ser un director general menos vigilante. Raina había sido la secretaria de Derek durante muchos años y se habían casado hacía unos meses. Aunque desde entonces vivían la mayor parte del tiempo en Poughkeepsie, donde Raina dirigía una escuela de cocina, llevaban una semana en Dallas preparando el evento. Diamantes en bruto era uno de los proyectos que apadrinaba Raina desde la época en que trabajaba de secretaria para Derek.

Quinn llegó a las oficinas de Messina y se encontró al personal colocando los arreglos florales. Los voluntarios hacía tiempo que habían colocado los objetos que habían sido donados para la subasta. Y Raina daba vueltas controlándolo todo.

Sonrió cuando la vio.

—Sabes que no hay mucho que hacer, ¿verdad? Está todo preparado desde hace rato.

Ella cruzó la sala para darle un beso en la mejilla.

—Lo sé, pero es la primera vez que no he estado aquí para supervisarlo todo yo misma.

—Saldrá perfectamente. Lo sabes. Deberías relajarte y disfrutar de la velada.

—Dijo la sartén al cazo —Raina le dedicó una sonrisa cómplice—. Después de todo, no es como en tu caso que le has dejado la seguridad al competente J.D. y sí puedes relajarte y disfrutar.

—Buena puntualización —asintió.

—Y hablando de disfrutar de la velada... —Raina se mordió el labio como si tuviese dudas de seguir, algo poco frecuente en ella, que era de hablar de un modo directo.

–Suéltalo –sus dudas lo ponían nervioso.

–¿Has visto la lista de invitados?

–Desde hace un par de semanas, no. J.D. se ha encargado de los detalles de la noche. De ahí parte ese relajarse y disfrutar del que hablábamos.

–Ella viene esta noche.

–¿Con «ella» te refieres a Evie?

Raina asintió.

–¿Se supone que tengo que agradecerle esto a Derek?

–¿Que yo sepa lo de Evie? En realidad no. Derek no ha dicho ni una palabra de ella, pero para la mayoría de la gente la ex mujer de McCain es el mejor chismorreo desde... bueno, desde hace mucho tiempo.

El rubor pintó las mejillas de Raina. Así que sólo pudo pensar en que ese mucho tiempo se refería al que había pasado desde que Derek había descubierto que era padre y después Raina, de modo involuntario, había hecho que rompiera el compromiso con la heredera de una cadena de joyerías: Kitty Biedermann. En ese momento él había sentido pena por Derek sabiendo que odiaría ser el centro de los comentarios de sus empleados. Tiempo después se encontraba él en la misma situación. Fantástico.

–Estás extrañamente callado –comentó Raina–. Mucho incluso para ti.

Sonrió con la esperanza de que la sonrisa resultara divertida y no de terror.

–Trato de evitar pensar en ello.

–No te preocupes. La echaré en cuanto aparezca, ni siquiera tendrás que verla.

–Eso no es necesa...

–Me aseguraré –dijo en tono de fiera protección– de que sepa que aquí no es bienvenida.

–Raina –empezó con tono de contenida advertencia–, no quiero que hables con ella. No me importa que esté aquí esta noche.

–Claro que te importa –frunció el ceño–. Es tu ex esposa –antes de que pudiera decir nada, añadió–: Además, si de verdad no te importara, no te habrías quedado de piedra cuando he hablado de ella.

Vibró su teléfono móvil poniendo fin a la conversación. Se alegró de la interrupción hasta que habló con J.D. que estaba en la planta baja preparándose para comprobar las invitaciones de los asistentes que empezarían a llegar en cualquier momento.

–Hay aquí una mujer que exige verte en este momento.

Quinn hizo un gran esfuerzo para no soltar un juramento.

–Presumo que será Evie Montgomery.

J.D. hizo una pausa lo bastante larga para confirmar las sospechas de Quinn.

–Afirmativo.

Hasta sus empleados empezaban a andar pisando huevos alrededor suyo.

–Acompáñala a mi despacho.

Podía librarse de aquello perfectamente. La noche, que en ningún momento había parecido una agradable velada, había empezado de un modo desastroso.

Después de todos esos años dudaba de sí mismo. Y por si eso no era suficientemente malo, después de lo ocurrido la noche anterior, podía añadir a sus recuerdos el de tenerla entre sus brazos. El sabor de su boca. Y en ese momento, otra vez, tenía que enfrentarse a ella. Las cosas no podían empeorar.

Cinco minutos después, cuando J.D. hizo entrar a Evie en su despacho, deseó haber sido un poco más cauto en sus previsiones. Parecía como si la hubieran vertido dentro de un brillante vestido verde azulado. Su piel color marfil brillaba, el cabello castaño le caía en ondas. Que pareciese tan cómoda con el vestido sólo le sumaba atractivo. Cada célula de su cuerpo respondió a la visión. Sí, las cosas podían empeorar. Empeorar mucho.

Si había pensado por un momento que su pasada relación con Quinn haría más fácil reconocer delante de él que sospechaba que su hermano estaba a punto de robar en Messina Diamonds, en el momento en que vio a Quinn, se dio cuenta de lo equivocada que estaba.

Quizá debería haber ido a la policía, pero seguramente no la habrían creído. Y Quinn, al menos, estaba en posición de detener a Corbin antes de que fuese demasiado tarde. Antes de que Corbin cruzase la línea y entrara en el mundo de la conducta delictiva.

–Necesito tu ayuda –se sentó y empezó sin ceremonias.

–Ya hemos tenido esa conversación –recordó haber ido a su casa y haberla besado sin criterio.

–Sí, así es. Pero necesito otra cosa de ti.

–Ya he firmado el cheque –dijo sentándose detrás del enorme escritorio–. Te lo iba a enviar el lunes.

Pronunció las palabras con descuido, como si no hablasen de cincuenta mil dólares. Como si la noche anterior no le hubiese dicho que ella no valía ese dinero. Estaba jugando con ella.

–No tiene que ver con el dinero, o puede que sí –maldición, sería mucho más fácil si no le hubiera dejado besarla. ¿En qué había estado pensando?–. La cuestión es. No creo que Corbin realmente quisiera que te pidiera el dinero. Creo que está pensando en robarlo.

Quinn alzó las cejas bruscamente. Se balanceó en la silla.

–¿Entonces por qué recurrir a mí?

–Creo que está pensando en robárselo a Messina Diamonds.

Por un momento pareció tan conmocionado como se sentía ella. Después, a pesar de su consternación, echó la cabeza hacia atrás y soltó una carcajada.

Ella frunció el ceño. Y después lo frunció más cuando la risa siguió muy despacio. Empezó a darse golpes en la pierna con las yemas de los dedos esperando a que parara.

–Mi hermano...

–No podría robar un penique en recepción sin que me enterara.

–No estoy de broma –insistió ella.

La risa de Quinn se desvaneció, echó la silla hacia delante y apoyó los codos en la mesa. Después de un largo momento, dijo:

–No es más que un chiste malo...

–No.

–U otro de tus intentos de acostarte conmigo.

Le llevó un segundo registrar el sentido de sus palabras. Saltó de la silla.

–¿Es eso lo que crees? ¿En serio? ¿Que todo esto es... –hizo un amplio gesto para referirse a los acontecimientos de los últimos días– nada más que para acostarme contigo? –dibujó unas comillas de sarcasmo en el aire–. No he venido aquí sólo para ayudar a mi hermano. He venido a ayudarte también a ti. Y si eres demasiado cabezota, no, demasiado estúpido para verlo, entonces te mereces las consecuencias que sufras cuando tu mejor cliente sufra un robo delante de tus narices.

Cuando se trataba de Evie, no tenía criterio. Así que no tenía sentido intentarlo si su buen juicio le decía que fuera en contra de ella. Aun así lo intentó. Ella había salido casi del despacho cuando la agarró del brazo.

–Espera un minuto, Evie. ¿Por qué no me dices qué está pasando?

La mirada de ella estaba llena de desconfianza, pero en la ira que había en sus ojos también quedaban reminiscencias de la pasión que había visto en ella la noche anterior. Seguramente se iba a arrepentir de aquello, pero si lo que decía era cierto y la dejaba irse, sería un terrible error.

–¿Vas a escucharme? –preguntó ella.

–Lo haré.

–¿Nada de comentarios sarcásticos ni viles sospechas?

–Si esperas alguna especie de declaración de confianza... –empezó.

–He estado en el piso de Corbin hoy y he encontrado un juego de planos de las oficinas de Messina

Diamonds –dijo todo seguido, y después contuvo la respiración esperando la respuesta.

Él la miró detenidamente a la búsqueda de alguna señal de que estuviera mintiendo.

–¿Una copia de los planos?

–Sí –se soltó el brazo del que la agarraba y después se frotó el lugar donde había estado su mano–. ¿Para qué iba a tener los planos si no estuviera pensando en entrar a robar?

Una parte de él pensaba que lo engañaba. Que era otro de sus retorcidos trucos, pero a esa misma parte si le hubieran preguntado por ella una semana antes, habría respondido que seguro que se había casado con cualquier tipo rico que le hubiera elegido su padre y que estaría recorriendo el oriente texano en su BMW de fiesta en fiesta. Así que eso abría la posibilidad de que esa parte de él que desconfiaba de Evie se estuviera equivocando.

–Será mejor que empieces por el principio –le señaló una silla para que se sentara.

–No sé mucho. No he querido discutirlo con él. Sé que habría negado todo. Pero creo que cuando supo que iba a pedirte a ti el dinero, debió de hablarle a los hermanos Mendoza de mi relación contigo –se sentó en el borde la silla hecha un manojo de nervios–. Hace unas semanas, cuando me enteré de que debía dinero a los Mendoza, me ofrecí para venir a pedirte a ti el dinero. Al principio él no quería. Pero después me propuso que aprovechara esta noche para aproximarme a ti, durante el evento. Pareció como si se obsesionara con eso. Me compró este ridículo vestido. Creo que se supone que tengo que distraerte esta noche –soltó una risita incómoda–. Quiero a mi hermano –dijo con un suspiro–, pero soy la primera en reconocer que puede ser un idiota. Es la persona inteligente más estúpida que conozco. Sería típico de él haberse ido de la lengua con la gente equivocada y haber dicho que tenía a alguien «dentro» de Messina. Antes de que se dé cuenta los criminales con los que ha estado tratando lo dejarán tirado y de nuevo se encontrará en un lío del que no sabrá cómo salir –se mordió los labios y lo miró con cautela–. ¿Crees que estoy loca?

–Creo que siempre has tenido una gran imaginación.

–Pero conozco a mi hermano. Y sé que está pasando algo.

–Crees que está planeando un robo... –dejó la frase en el aire para darle la oportunidad de que la terminara ella.

–De diamantes, así lo creo.

–¿Y por qué lo crees?

–Porque ésta es una empresa de extracción de diamantes. Parece lo lógico.

–No lo es. Los diamantes se extraen en Canadá. Se tallan en las instalaciones de Messina en Amberes y después se envían directamente a Nueva York donde se venden. Estas oficinas son la central del negocio, pero por aquí raramente pasa un diamante.

–¿Raramente? –preguntó ella–. Raramente, pero no jamás.

–No. Jamás no. Hay una caja de seguridad en el despacho de Derek. Ocasionalmente guarda algunas piedras.

–¿Y hay alguna ahora?

–No –se pasó una mano por la nuca.

Debía de haber dudado lo justo para que ella no le convenciera la negación, porque Evie alzó una ceja.

—¿Crees que no me doy cuenta de cuando me mientes?

—Pareces muy segura de saber lo que está planeando —ignoró su comentario.

—Bueno, no lo estoy, pero no se me ocurre ninguna otra explicación. ¿Y a ti?

Era el turno de ella para taladrarlo con la mirada. Tuvo que reprimir la urgencia por volverse. Había demasiadas cosas que no quería que viera en su expresión. Cosas que no tenían nada que ver ni con los diamantes ni con su hermano.

—No, no se me ocurre. Pero sería virtualmente imposible para Corbin robar en Messina. Tienen el mejor sistema de seguridad del mercado.

Saltó de la silla y caminó rodeando los sillones de cuero.

—Confía en mí —dijo ella—. No quiero tener razón en esto, pero ninguno de los dos podemos permitirnos equivocarnos.

—¿Ninguno de los dos?

—Evidentemente. El futuro de mi hermano está en peligro, pero tu apuesta es aún mayor, ¿no? Es tu negocio —apoyó su afirmación señalándolo con el índice—. De la empresa que has levantado con tus manos, como se suele decir. Lo último que te interesa es que haya alguna clase de... —buscó la palabra un momento antes de encontrar la adecuada—, alguna clase de atraco en Messina Diamonds. Son tu mejor cliente. Si no eres capaz de protegerlos a ellos, no quedarás muy bien, ¿no te parece?

Desgraciadamente, tenía razón. Por mucho que le gustase echar el freno y no volver a verla, sencillamente no podía arriesgarse. Y hasta que pudiera estar seguro, estaba unido a Evie. Y a su maldito vestido. Lo que, era un consuelo, era mejor que estar unido a ella sin ningún vestido.

Se echó hacia delante en la silla.

–Siéntate antes de que te marees. Y dime todo lo que sabes.

El triunfo de Evie tendría corta vida. Al menos Quinn la escuchaba. Podría celebrarlo cuando todo hubiese terminado y su hermano estuviese a salvo de vuelta a casa, sin nada robado.

–Sólo sé lo que te he contado antes. Se supone que yo tengo que distraerte. Así que sea lo que sea que se planea para esta noche, yo debo estar aquí.

–¿Estás segura de que va a ser en Messina?

–Sí –pero de inmediato se corrigió–. No. Los planos estaban abiertos por Messina Diamonds, pero eran muchos. Deben de ser de todo el edificio –¿por qué no había pensado en eso antes?

–Lo que significa que puede que no anden tras los diamantes. Quizá hay algún otro objetivo. Lo que sí puede ser es que suceda esta noche. Pero es una subasta silenciosa, todas las transacciones serán con tarjeta de crédito.

–¿Y qué pasa con los demás negocios del edificio? Messina ocupa sólo algunas plantas, ¿no?

–Seis. McCain otras cuatro. De la doce a la catorce está la oficina central. La planta segunda es la seguridad de este edificio.

–Así que hay casi veinte pisos de otras empresas que pueden estar en peligro.

–Muy bien –se puso en pie bruscamente–. Vamos allá.

Confundida por el cambio en la conversación, sólo fue capaz de responder con un inelegante:

–¿Eh? –se puso de pie y lo siguió antes de preguntar–. ¿Adónde vamos?

–Lo primero a buscar a J.D., que dirige el dispositivo de seguridad del evento de esta noche.

–¿Y segundo? –preguntó mientras salían del despacho hacia los ascensores.

–Después volveremos aquí y revisaremos las demás empresas piso a piso. Si tu hermano va a actuar esta noche, voy a encontrarlo y detenerlo.

–Estupendo, iré contigo.

–No –se detuvo en seco.

–Claro que sí –dijo consiguiendo evitar chocar con él.

–Claro que no. Sólo el personal del edificio con acceso de seguridad y el personal de mi empresa tienen permiso para acceder al sistema de seguridad.

–¿Me desintegraré en el acto?

–No es un asunto de risa.

–No creo que lo sea. ¿Me ves reírme o algo así? Es la vida de mi hermano lo que está en juego.

–Eso da lo mismo. Tenemos protocolos de seguridad por una razón.

–Sí, pero tú eres el director general, tú puedes romper las normas. Y, a menos que estés pensando en recurrir a la fuerza física conmigo, voy a estar pegada a ti.

Pareció tentado, pero simplemente murmuró:

–Vamos, tenemos mucho trabajo que hacer.

–¿Pero qué pasa con Messina Diamonds?

–Ahí está J.D. con todo el equipo, hay personal suficiente para afrontar cualquier cosa. Nosotros podremos afrontar lo demás.

Sintió que le recorría una sensación de calor al oír esas palabras. De pronto se dio cuenta de lo mucho que había echado eso de menos. La sensación de estar los dos juntos enfrentándose al mundo. Así había sido en su adolescencia. Así era como había pensado que sería siempre. Antes de que todo fuera tan terriblemente mal.

–¿Qué pasa con la fiesta? –preguntó para ocultar el anhelo que la llenó.

–Yo no quería ir de todos modos, ¿y tú?

Mientras el ascensor los llevaba hasta la gala, se dio cuenta de una cosa. El asunto de Corbin había conseguido quebrar la glacial frialdad de Quinn. Ya no la trataba como a una completa extraña. Era un pequeño consuelo, aunque seguramente temporal. Si su hermano estaba implicado en todo ese lío, entonces Quinn tendría una nueva razón para odiarla.

Capítulo Cinco

J.D., siendo un mero empleado y no el director de McCain Security, no podía permitirse echarse a reír cuando le expusieron la posibilidad de que se intentara un robo esa noche en Messina Diamonds. Aun así su boca se torció mientras permanecía con las piernas separadas y los brazos cruzados antes de decir:

–Imposible.

–Eso es lo que le he dicho yo –aportó Quinn.

–Pero...

–No hay peros –J.D. asintió respetuoso–. Con el debido respeto, señora.

Evie estuvo a punto de responderle con un «¡no me llame señora!», pero antes de que pudiera, J.D. hizo explotar un globo del chicle que mascaba como gesto simbólico. Sonrió encantado al hacerlo dándole la impresión de que en realidad esperaba que alguien lo intentara. Sin embargo, dado que ese alguien en particular era su hermano, Evie no podía sentirse tan optimista ante la perspectiva. Quinn asintió y después añadió:

–J.D., llámame si ocurre cualquier cosa fuera de lo normal. Sólo para estar seguros.

–Lo haré, jefe.

J.D se marchó sacando el móvil del bolsillo mientras Quinn agarraba el codo de Evie y la guiaba hacia el laberinto de pasillos que conformaba Messina Diamonds. Para entonces el evento ya estaba en marcha. El vestíbulo empezaba a llenarse de hombres de esmoquin y mujeres enjoyadas. Los camareros se movían entre la multitud con bandejas de champán y artísticos aperitivos.

–¿Te sientes mejor? –preguntó Quinn.

–Francamente, no me sentiré bien hasta que todo esto haya terminado. Supongo que debería sentirme agradecida porque Messina Diamonds esté bien, pero eso no significa que Corbin no esté metido en otra cosa. O que no lo atrape la policía.

–Te tranquilizarás cuando echemos un vistazo al resto de empresas del edificio –dijo mientras se dirigían a los ascensores.

–Sí, así será –por primera vez en todo el día su tensión se rebajó.

El pesado silencio en el ascensor tardó en romperse unos segundos.

–Sobre lo de anoche... –empezó ella.

–Preferiría no hablar de anoche –interrumpió metiéndose las manos en los bolsillos antes de añadir sin mirarla–: Mi conducta de ayer fue incalificable.

–¿Es una disculpa? –bromeó, pero luego lo pensó mejor cuando él frunció el ceño. Añadió rápidamente–: No, no respondas. Asumo que lo ha sido y que tus intenciones eran buenas sin que tengas que negarlo o confirmarlo –después dijo en tono más serio–: Sí, ayer actuaste como un imbécil, pero hoy... –se encogió de hombros–. Bueno, no se puede decir que te hayas redimido del todo, pero hoy has hecho grandes avances. Gracias por tomarme en serio.

Antes de que él pudiera responder, el ascensor se abrió en el piso doce. Evie salió y se encontró frente a unos cristales en los que ponía *McCain Security*. Las mismas puertas ante las que había estado unos días antes. Antes de que pudiera contemplar lo mucho que habían cambiado las cosas en tan poco tiempo, las puertas del ascensor sonaron al cerrarse detrás de Quinn.

—No cometas el error de malinterpretar mi generosidad.

—Oh, lo siento. ¿Mis bromas han herido tus sentimientos?

—Mis sentimientos no tienen nada que ver con esto.

—Vaaale —se mostró de acuerdo verbalmente ya que no intelectualmente—. Te has portado mal. Lo admites. ¿Por qué firmarme un cheque si no te estás intentando disculpar? Tienes que sentir alguna culpabilidad.

Quinn ignoró el énfasis que había puesto en «sentir». Se estiró la manga del esmoquin y dijo:

—La culpa no tiene nada que ver con esto. Estabas desesperada y me aproveché de ello. Mi conducta ha sido... —evidentemente tenía que buscar una palabra que no implicase la culpa— poco honorable.

El honor siempre había sido una prioridad para él. A diferencia de los demás chicos adolescentes que había conocido, quienes jamás dedicaban un segundo a pensar en esas cosas, él siempre había tenido un código ético, incluso con diecisiete años. El mundo y el destino lo habían tratado duramente. Conservar su honor había sido su única defensa contra la injusticia.

—Me alegro de que aún te importen esas cosas —dijo ella en un murmullo.

—A pesar de mi conducta reciente no soy un monstruo —respondió con una penetrante mirada.

–No he dicho que lo fueras –había pensado que su conducta no era la de un monstruo, sino la de una persona herida.

Tuvo que hacer un gran esfuerzo de voluntad para no señalar que debía sentirse culpable, o quizá avergonzado, por comportarse de un modo tan poco honorable.

Si había esperado que él dijera algo más, estaría decepcionada. Se limitó a emitir un sonido sin sentido antes de sacar de un bolsillo su tarjeta de identificación y pasar por el lector de la puerta de cristal. Con un zumbido, la puerta se abrió. Quinn hizo un gesto galante para cederle el paso.

–Así que tú puedes entrar en cualquier oficina del edificio –comentó ella.

–Por supuesto.

Lo siguió a través de la zona de recepción y después por un pasillo. Llegaron a un despacho lleno de ordenadores y un par de sillas.

–Aprecio que te tomes el tiempo de echar un vistazo a todo esto.

–Es mi trabajo. No lo hago por ti –se sentó frente a uno de los monitores y movió el ratón para que se pusiera en marcha el ordenador.

Evie se sentó en otra silla.

–Buena puntualización, aun así sé que esto no es fácil para ti.

–¿Qué se supone que significa eso? –la miró por encima del hombro.

–Que seguro que preferías estar haciendo otra cosa. Sobre todo sabiendo lo que sientes por mí.

–No siento nada por ti –dijo sin entonación–. No eres nada mío.

Debería haberlo dejado pasar. Realmente debería haberlo dejado, pero justo cuando se encendió el ordenador, se descubrió diciendo:

–No, no lo soy. Estuvimos enamorados, por Dios. Estuvimos casados. Eso no es nada.

–No significas nada para mí –repitió más despacio.

–No me hables así.

–¿Así cómo? –preguntó inocente.

–Así. Como si fuese yo la que actuase como una idiota y no tú.

–Yo no... –pero ella no le dejó seguir.

–Hace un par de años me encontré con un antiguo novio de la universidad. Fuimos a tomar un café y me enseñó fotos de sus hijos.

–¿Adónde quieres llegar? –casi gruñó.

–Quiero llegar a que para él no significo nada. ¿Y sabes cómo lo sé?

–No –la miró desafiante.

–Ahí lo tienes –señaló con el dedo en dirección a su rostro–. Sé que no le importo a Jake porque ni una sola vez me miró así.

–¿Así cómo? –preguntó sintiéndose acosado.

–Como si la mitad del tiempo estuvieras deseando estrangularme y la otra mitad te estuvieras preguntando dónde esconderías el cuerpo si lo hicieras.

–No es en eso en lo que estoy pensando –mientras hablaba le dedicó una mirada llena de sentido.

Una especie de «quiero desnudarte ahora mismo y, si tuviera poderes telequinéticos, lo haría».

–Ésa no es la mirada de un hombre sin ninguna implicación emocional.

–Déjalo ya.

–Oh, lo siento –puso los ojos en blanco exagerando su exasperación–. ¿Se está volviendo la conversación demasiado personal? ¿Estoy pisoteando esos sentimientos que dices que no tienes por mí?

–Déjalo ya, Evie.

Esa segunda vez notó el punzante dolor que había en sus palabras. Había un ligero temblor en su voz. Una especie de ronquera que le decía que le había resultado duro pronunciar esas palabras. Solía aparecer ese tono en su voz cuando hablaba de su padre: «No, señorita Gosling», solía decir. «No he traído la autorización firmada. Mi padre no pudo firmarla anoche». Y todo el mundo en la clase sabía que «no pudo firmarla» significaba que estaba demasiado borracho como para sujetar un bolígrafo. Y que «anoche» significaba todas las noches.

Y lo decía con el tono sin importancia que permitía a todo el mundo hacer como que ignoraba la verdad. Una clase entera deseosa de ignorar que Quinn estaba abandonado hasta el punto de rozar el maltrato. Quinn se sentaba y rezaba para que nadie dijera que lo que había dicho era mentira. Ella estaba a su lado deseando poder hacer algo para acabar con la injusticia que sufría.

Claro, que sólo ella lo conocía lo bastante bien como para notar esa angustia en su voz. Esa casi inaudible emoción. Había vuelto a oírla en ese momento cuando había pronunciado su nombre. Y su corazón se rompió otra vez. No se pudo contener y le acarició el brazo.

–Siempre has sido tan orgulloso.

El tiempo pareció detenerse. El mundo pareció reducirse hasta el punto de contenerlos sólo a los dos.

Como si volvieran a ser unos muchachos. Entonces él rompió el contacto visual e hizo algo en el ordenador.

–Vamos a dejarlo.

Su rechazo dolió más de lo que debería haberlo hecho. Maldición, no quería volver a preocuparse por él. Eso no entraba en sus planes. Para ocultar su vulnerabilidad, bromeó:

–¿He vuelto a herir tus sentimientos?

–No, me acabo de dar cuenta de que hay una cámara desconectada en la planta once.

–¿Una cámara está desconectada? –preguntó sin aliento por el temor–. Entonces está sucediendo algo.

–No necesariamente –dijo para tranquilizarla aunque su alarma interior ya había saltado.

Sacó el móvil y llamó al segundo piso. El guardia que debería haber estado allí no contestó.

Apretó el botón de ratón un par de veces cerrando ventanas y saliendo del programa antes de empujar la silla y ponerse de pie.

–Seguramente no es nada –dijo para volver a tranquilizarla–. Cada cierto tiempo las cámaras se desconectan.

–Me habías dicho que éste era el mejor sistema de seguridad del mercado.

–He dicho que Messina tiene el mejor sistema de seguridad del mercado. No todos nuestros clientes se lo pueden permitir. El piso once es de Lee, Oban y Asociados, una firma de abogados. Su sistema es sólo muy bueno, pero hasta el mejor sistema puede sufrir un fallo técnico. Por eso tenemos sistemas redundantes.

–¿Qué hacemos? –preguntó ella siguiéndolo por el pasillo hacia los ascensores–. No vas a llamar a la policía, ¿verdad?

–¿Para comprobar una cámara estropeada? No –la miró de soslayo–. Bajaremos a la segunda planta para reiniciar la cámara. Después subiremos a la planta once para volver a comprobar que todo va bien.

–A lo mejor ésta es una pregunta estúpida, pero ¿no debería haber un guardia o alguien en el puesto de abajo? –miró el móvil de él–. ¿O ha sido ésa la llamada que acabas de hacer?

–Seguramente estará fuera haciendo una de las rondas –no tenía sentido decirle que aunque estuviera de ronda tenía que haber atendido el teléfono.

–Si las oficinas de seguridad del edificio están en la segunda planta, ¿para qué necesitas tres pisos más? –preguntó mientras esperaban el ascensor.

–Son las oficinas de la empresa.

–Cuando dices las oficinas de le empresa te refiera a... –dejó la pregunta colgando.

–Las operaciones internacionales se llevan desde estas oficinas.

–¿Todas las operaciones internacionales? Ya –hizo una pausa antes de preguntar como sin interés–: ¿Cómo de grande es McCain Security?

–Bueno, tenemos oficinas en Los Ángeles, Nueva York, Chicago, San Francisco y San José. Y también algunas más pequeñas en Toronto, París, Amberes y Tokio.

–¡Oh!

Volvió a mirarla de soslayo y le pareció que mantenía una expresión muy neutra a propósito.

–¿Cómo de grande pensabas que era?

–Oh, así de grande, más o menos –las puertas del ascensor se abrieron en la segunda planta y lo siguió al salir–. Seguro. Eso era lo que pensaba.

–Pensabas que era sólo Messina, ¿no?

Durante bastante tiempo, cuando acababa de dejar el ejército, sólo había sido Messina Diamonds. La compañía minera había sido donde su empresa había madurado y donde había reunido el capital suficiente para aumentar el tamaño de sus operaciones. Randolph Messina, el padre de Derek, había pagado a Quinn en derechos sobre acciones de la empresa. Cuando Messina Diamonds había salido a bolsa unos años después, McCain Security se había convertido en un líder de las empresas de seguridad.

–Bueno –dijo ella–. Tampoco es que haya seguido de cerca tu trayectoria.

–El miércoles dijiste que sabías lo que hacía para ganarme la vida. Asumí que habrías hecho alguna investigación.

–Leo los periódicos. Es complicado evitar las referencias a tu empresa en la sección de negocios –el rubor se asomó a sus mejillas–. Pero normalmente trato de no prestarles atención –después, como si hubiese revelado más de lo que pretendía, añadió en tono alegre–: Me acuerdo de todas las veces que hablábamos de recorrer el mundo y despertarnos en países diferentes cada semana. Y ahora tú lo haces realmente.

Se acercaron a la puerta y Quinn sin pensarlo cumplió todo el protocolo de seguridad y la dejó pasar a la zona de recepción.

–Cansa al cabo de poco tiempo –admitió él. Entonces se dio cuenta de que había resultado patético y añadió–: ¿Y tú? Siempre quisiste ver el mundo. ¿Viajas mucho?

–Oh, claro –su tono fue un poco demasiado brillante–. Hace un par de años me fui con una amiga a Cancún un fin de semana.

–Suena bien.

–¡Fue estupendo! –dijo con más entusiasmo del que solía merecer un fin de semana en México–. Nos quedamos en un Holiday Inn muy bonito.

Debería alegrarse, pero en realidad lo entristeció que sus sueños no se hubieran cumplido. Las siguientes palabras salieron de su boca antes de que pudiera pensarlo.

–Supongo que ahora te arrepientes.

–¿Arrepentirme de qué?

–De no haber tenido más fe en mí.

–Siempre he tenido fe en ti.

Le cedió el paso para entrar al interior de una sala dominada por una sucesión de monitores y ordenadores. Acercó una silla con ruedas y se sentó frente a uno de los ordenadores.

–Me crees, ¿verdad?

Quinn ignoró la pregunta mientras abría un programa fingiéndose más concentrado de lo que requería la situación. Después de unos minutos se giró en la silla y dijo:

–Esto me va a llevar un momento. Después subiremos a la planta once.

–Nunca respondes a mis preguntas.

–¿Qué importa eso? –se encogió de hombros.

–A mí me importa –acercó una silla a la de él y se sentó. Él seguía mirando los ordenadores, así que le hablaba a su perfil–. Siempre supe que harías cosas asombrosas. No lo dudé ni un minuto.

«No hagas caso», se dijo a sí mismo. «No vale la pena». Pero no lo dejó pasar.

–Lo que explica perfectamente por qué rellenaste una solicitud de anulación antes de que la tinta del certificado de matrimonio se hubiera secado.

–¿Es eso lo que has creído todos estos años? ¿Que puse fin a nuestro matrimonio porque no creía en ti?

Él seguía sin mirarla a los ojos. Había conversaciones que sencillamente era mejor no tener. Ésa era una lección que había aprendido hacía largo tiempo. Había sido una táctica que le había permitido sobrevivir en el ejército. Mantener la boca cerrada. Mantener la cabeza baja. Evitar las discusiones. Concentrarse en la tarea que había que hacer.

Así que en lugar de responder, siguió mirando los monitores como si las palabras «cámara 1121 desconectada» fueran la clave para comprender los misterios de la vida.

–Supongo que es eso lo que piensas –como no hablaba con ella, siguió hablando para sí misma, rellenando su parte de la conversación con un exageradamente pesimista punto de vista–. Debes de haber pensado que era una inconstante niña rica. Sólo interesada en pasarlo bien, hasta...

–No fue culpa tuya –dijo sabiendo que debería haber mantenido la boca cerrada.

–¿Qué? –pareció tan sorprendida por su interrupción que lo miró boquiabierta.

–He dicho que no fue culpa tuya. Claro que eras una malcriada. Así te habían educado. Habías tenido todo lo que habías querido. Era un hábito para ti rebelarte contra tu padre. Debería haberme dado cuenta de que nuestra relación...

–Oh, Dios –se puso en pie de un salto lanzando la silla hacia atrás–. Eso es lo que realmente crees –Quinn se giró para mirarla sorprendido por su vehemente reacción–. No puedo creer que realmente pienses eso de mí –la conmoción fue dejando paso al enfado gradualmente–. Que era una malcriada. Inconstante –puntualizaba cada adjetivo con un golpe–. Rebelde. Rica...

Quinn la agarró de la muñeca antes de que pudiera dar otro golpe.

–Eso realmente te ha dolido, ¿no?

Como seguía sentado, ella tuvo que agacharse para ponerse a la altura de sus ojos.

–Se supone que duele. ¿Cómo crees que se debe sentir una cuando descubre que el hombre del que estuvo enamorada te ha descartado como si fueras lo más despreciable?

–Si no querías que pensara que eras inconstante, entonces no deberías haber firmado la solicitud de anulación menos de veinticuatro horas después de prometerme amor eterno.

–Estabas en la cárcel. ¿Qué se suponía que tenía que hacer?

–Podías haber tenido un poco de fe –le lanzó la última palabra a propósito–. No iba a estar en la cárcel para siempre. Podías haber esperado. Pero supongo que tu visión del futuro no incluía un marido ex presidiario.

–¿Eso es lo que realmente pensaste de mí? –la rabia empezaba a bajar y comenzaba a aparecer la confusión–. Que firmé la anulación sólo porque te habías vuelto... –buscó una palabra–, no sé, ¿inapropiado? ¿Porque no te ajustabas a mis planes?

–¿Qué se suponía que tenía que pensar? Al día siguiente apareció tu padre. Me explicó que te había dado un ultimátum: si seguíamos casados, te desheredaría –Cyrus había estado fuera de la celda de Quinn más de una hora explicándole las cosas.

Con las botas camperas se había balanceado de atrás adelante, jugueteando con el borde del sobrero mientras le decía la clase de cosas que necesitaba una chica como Genevieve para ser feliz. Cosas que Quinn no había podido creer que necesitara Evie. Así que esperó a que ella apareciera y desmintiera las palabras de su padre. Pero eso nunca sucedió.

–No pensé que te importara –admitió en ese momento refiriéndose a las horas que había pasado en la cárcel del condado–. Pero unas horas después apareció tu abogado con los papeles de la anulación.

–Podías haber tenido un poco de fe –le devolvió sus palabras a propósito–. Firmé esos papeles porque tenía que hacerlo.

–Porque tu padre te desheredaría si no lo hacías –replicó él.

–No me importaba el dinero de mi padre –tenía los ojos muy abiertos, cubiertos de lágrimas–. Nunca me ha importado. Ése no fue el trato que me ofreció mi padre. Si firmaba la anulación, él retiraría los cargos contra ti. Firmé esos papeles porque, si no lo hacía, mi padre te denunciaría. Los cargos contra ti eran muy serios. Podrías haber ido a la cárcel.

Quinn se quedó en silencio un largo tiempo, absorbiendo sus palabras mientras una oleada de conmoción chocaba contra su propia angustia. Finalmente, con calma, dijo:

–Deberías habérmelo contado.

–No quería arriesgarme a que no firmaras los papeles. Te protegí del único modo en que supe hacerlo. Si no hubiera sido por mí, jamás te habrías visto envuelto en semejante lío.

Quinn se levantó y le alzó la barbilla para mirarla

a los ojos. Sentía como si el corazón se le hubiera hecho pedazos. Habló lentamente y con suavidad.

–Los cargos que tu padre tenía contra mí jamás habrían sido admitidos.

Las lágrimas corrían por las mejillas de marfil. Su angustia era equiparable a la de Quinn.

–Puede que no, pero ¿y si sí? –su voz se quebró en la pregunta y tuvo que aclararse la garganta antes de continuar–: No podría haber vivido con eso. Además no pensaba que sería el fin de nuestra relación. Jamás pensé que serías tan terco y abandonarías la ciudad después de firmar los papeles –su voz se volvió más gruesa–. Pensaba que volverías conmigo.

–Tu padre me dijo que no querías saber nada de mí. Que no querías volver a verme.

–Esperé durante semanas... –se le volvió a quebrar la voz.

La imagen de ella esperándolo se quedó en su mente. Había estado en su dormitorio una sola vez. Era una delicada mezcla de finísimas redes y doseles fruncidos. Se la imaginaba en ese momento, sentada en esa cama, con las rodillas recogidas en el pecho, el cabello sobre los ojos.

Evie, que siempre trataba de ser tan dura, pero que era más frágil de lo que le gustaba admitir. Evie, que se había hundido tras la muerte de su madre, que había luchado desesperadamente por la más mínima atención de su padre.

Dios. La idea de ella esperando por su regreso y él no volviendo jamás...

Al pensarlo en ese momento, le costaba respirar. Como si el pecho se le aplastase por el peso de las emociones. Y ahí estaba, dedicándole una pequeña sonrisa a pesar de las lágrimas que le recorrían el rostro y del temblor de sus manos mientras se apartaba un mechón de cabello. Había tratado desesperadamente de simular que su deserción no le había roto el alma, pero él sabía que había sido así. En aquel momento había pensado de ella lo peor y aun así lo había matado dejarla. No podía imaginar cuánto más tenía que haber sufrido ella.

—Supongo que los dos fuimos unos estúpidos por creer las mentiras de mi padre —dijo encogiéndose de hombros.

¿Estúpido? Estúpido no describía ni de lejos cómo se sentía en ese momento.

—Por mi parte —siguió ella—, había asumido que cuando salieras de la cárcel irías a buscarme. Cuando no lo hiciste, pensé...

No la dejó terminar. La rodeó con los brazos y la besó poniendo en ese beso todo el arrepentimiento y las disculpas que no era capaz de poner en palabras. Jamás podría reparar el daño que le había hecho. Sólo las palabras no serían capaces de expresar su arrepentimiento. Habría podido seguir besándola eternamente. Estaba a punto de decírselo cuando un destello de luz en el monitor atrajo su atención. La alimentación de la cámara volvía a funcionar y la imagen en la pantalla no era lo que esperaba.

El monitor mostraba una toma en gran angular del laberinto de despachos de las oficinas de los abogados en la undécima planta. Casi estaba lo bastante distraído para no notarlo, pero algo en un extremo de la imagen atrajo su atención.

Dejando a Evie donde estaba, se sentó en la silla y amplió la imagen. Y allí, casi fuera del foco de la cámara, lo vio. Uno de los paneles de aislamiento acústico del techo estaba torcido. Como si alguien lo hubiera quitado y después vuelto a poner sin fijarse en si se había quedado igual.

Quinn sacó su teléfono y llamó a J.D.

—Tenemos un asunto en el once. Quiero que te acerques a la caja fuerte y eches un vistazo a los diamantes.

J.D respondió al instante diciendo que le informaría en cuanto lo hubiera hecho, pero Quinn apenas escuchó sus palabras, confiaba en su capacidad para manejar esa situación. En lugar de eso, fue dolorosamente consciente de la presencia de Evie mientras ésta apoyaba una mano en su hombro y se inclinaba para ver la imagen del monitor.

—Es eso, ¿no? —preguntó señalando con un dedo.

—Quizá —acercó la imagen tratando de poner en marcha la cabeza, buscando otras inconsistencias—. O quizá no sea nada. Es una oficina demasiado delicada para un grupo de abogados. Andan siempre colgando carteles, banderines de la universidad y tonterías del techo. Seguramente habrá sido simplemente un descuido.

—Pero tú no lo crees —adivinó ella—. O no habrías llamado a J.D. —cuando no confirmó su teoría, preguntó—: ¿Entraría alguien en un despacho de abogados?

Sabía cómo funcionaba la cabeza de Evie y habría dicho por la mirada de sus ojos que algunas escenas de las novelas de John Grisham le recorrían la mente, con dinero blanqueado, papeles confidenciales triturados en medio de la noche.

—No, pero el piso once está justo debajo de McCain Security.

Le llevó un instante comprender el significado. Cuando lo hizo, Quinn notó los músculos de su mano tensarse sobre el hombro.

—Lo que significa —dijo en voz alta— que el piso más cercano a los diamantes no es ni parte de McCain ni de Messina.

—Exacto. Con las herramientas adecuadas y alguna noción de escalada, alguien pequeño podría acceder a ese reducido espacio y desde allí reptar. Es una larga subida hasta el piso veintiuno, pero no imposible.

Mientras recorrían el camino de vuelta a los ascensores, deseó poder tranquilizarla un poco. Pero qué podía decir.

—Has dicho que no había ningún diamante aquí esta noche.

—He mentido.

Sonó el teléfono de Quinn como si fuera el fatal eco de sus palabras. Cuando respondió, Evie pudo oír una cadena de juramentos desde el otro lado. J.D. acababa de revisar la caja. Los diamantes no estaban.

Sintió una náusea mientras la sangre se le subía a la cabeza. Sin pensarlo, buscó una silla. Algo en lo que apoyarse. Algo que la sostuviera.

Entonces notó un brazo de Quinn bajo la mano. Su voz era un temblor grave que sonaba más bajo que el timbre que atronaba sus oídos. La llevó hasta una silla mientras Quinn terminaba la conversación con J.D.

Se frotó los ojos para aclarar sus ideas. Claro que él había mentido diciendo que no había diamantes. Eso se lo había dicho su intuición antes. Pero había tenido la esperanza de equivocarse. En ese momento, lo que quería era poder recuperar su concentración y seguirlo.

–¿Estás bien? –preguntó él.

–Sí –se soltó de él aunque parecía que era lo único que la anclaba al mundo.

–Parecía como si te fueses a desmayar.

–Yo no me desmayo –sintió una ridícula oleada de resentimiento–. ¿Por qué no estás enfadado? Deberías estar tan preocupado por esto como lo estoy yo.

Pero en cuanto lo dijo se dio cuenta de que él sólo estaba agitado, pero lo mantenía enterrado bien dentro. Tenía los ojos entornados y la mandíbula tan apretada que parecía cincelada en granito. El pétreo silencio era más expresivo que su casi desmayo.

–Lo siento –murmuró ella haciendo un esfuerzo para ponerse de pie–. Seguramente querrás volver a Messina Diamonds.

Quinn asintió y le apoyó una mano en la espalda para guiarla hacia el ascensor. Cuando la puerta empezó a cerrarse, dijo:

–Evie, sobre tu hermano...

–Lo sé. Si está implicado, vas a tener que hacer todo lo posible para encontrarlo y detenerlo.

–¿Si está implicado?

–Sí –dijo ella–. Si está implicado.

–Evie, no puedes permitirte ser ingenua. No después de todo lo que ha pasado. Tu hermano definitivamente está implicado.

–No. Eso no los sabemos. Aún no. Lo único que tenemos son conjeturas.

–Eh, has sido tú la que ha venido a mí –señaló Quinn.

–Sí, exactamente –se volvió a mirarlo cruzando los brazos sobre el pecho para reprimir un escalofrío–. Recurrí a ti porque pensaba que podrías ayudarme. Y me juraste que el sistema era imposible de romper. Que Messina Diamonds tenía un sistema de la más alta gama. Corbin no podría robar un penique del mostrador de recepción. ¿No fue eso lo que me dijiste?

No respondió, pero entornó aún más los ojos. Evie respiró hondo tratando de concentrarse. Quinn no era el enemigo. Aquello tenía que haberlo golpeado a él con tanta fuerza como a ella.

–Es lo que he dicho. Debe de haber alguien dentro –dijo despacio, como si lo estuviera descubriendo en ese momento–. Si no, no podría haber roto el sistema. Alguien ha tenido que desconectarlo.

–¿Quién?

–No lo sé. Hasta que lo descubra, todo el mundo es sospechoso.

–Bueno, así no es como lo veo yo. Hasta que no puedas demostrarme lo contrario, voy a pensar que mi hermano es inocente.

–No seas idiota.

–Corbin es la única familia que tengo. Y yo soy la única familia que tiene él. No voy a dejarlo tirado cuando más me necesita. No voy a abandonarlo como...

«Como tú me abandonaste a mí».

Dejó las palabras sin pronunciar. Había cosas que era mejor no decir en voz alta. Dolían demasiado. Revelaban demasiado.

–Todo el mundo necesita tener a alguien que crea en él sin reservas. Alguien que lo quiera sin importar lo que haga. Para Corbin yo soy esa persona.

–Tú has sido la primera en sospechar de él –le recordó–. Hace un minuto lo creías capaz de esto.

–Creía que podían manipularlo para que colaborara en el robo –por el brillo cínico en los ojos de Quinn pudo apreciar que él no veía la diferencia. ¿Cómo explicarle lo que apenas comprendía?–. Por supuesto que creo posible que esté implicado. Pero sigue siendo mi hermano. Tengo que tener fe en él. Tengo que creer que no ha hecho esto por propia voluntad. Hasta que traigas las pruebas, pruebas contundentes...

Nunca supo cuál era la reacción de Quinn ante su declaración de fe inquebrantable en Corbin. Las puertas del ascensor se abrieron y los dos se vieron lanzados al ruido de una gala que avanzaba. Ninguno de los invitados sabía aún lo que había sucedido. Apenas lo sabía ella.

Capítulo Seis

Las cosas después fueron muy deprisa. Llegó la policía. Después el FBI. Todo el mundo en el edificio fue retenido.

Los invitados se tomaron las cosas sorprendentemente bien. Los camareros sirvieron más comida. La orquesta siguió tocando. El ambiente de fiesta permaneció. La gente parecía estar encantada de participar en el más glamuroso de todos los crímenes: un robo de diamantes.

Quizá resultaba un poco incomprensible. Un audaz robo había sucedido a pocos pisos de distancia de una fiesta de cientos de invitados, era el material del que se construían las leyendas. Sería un notición. Los invitados de esa noche podrían contar la historia durante años.

Evie, sin embargo, no se sentía tan emocionada. Después de todo, de algún modo, su estúpido hermano estaba metido en ese lío. De todas las idioteces en que se había visto implicado en su vida, ésa realmente se llevaba la palma. Y eso que se suponía que era el listo de la familia.

Tensa y con náuseas recorrió con la vista el salón buscando a Quinn. Detectives de la policía se movían entre la gente reuniendo a la gente en grupos. Todo el mundo tendría que ser registrado antes de marcharse. Serían interrogados e identificados. Derek y

J.D., junto a unos agentes del FBI habían desaparecido en uno de los despachos del piso de arriba. Quinn se había marchado con ellos, pero Evie creía que lo había visto volver unos minutos después.

Había oído un rumor de que el FBI estaba interrogando a J.D. y a Quinn. Si el sistema realmente era inviolable, entonces McCain Security era sospechosa. Lo que sólo consiguió incrementar sus náuseas. De pronto, después de su gran discurso sobre la confianza en su hermano, sintió una oleada de dudas. ¿Y si era culpable?

No, no podía pensar en eso. Ni siquiera podía considerar la posibilidad.

Sí, respetaba a Quinn. Claro, lo deseaba. Incluso se sentía mal, muy mal, por cómo habían terminado las cosas catorce años antes. Pero su lealtad estaba con su hermano. Era su familia. Corbin podía ser un desastre, pero siempre la había querido. Siempre había estado ahí para ella.

Mientras buscaba a Quinn entre la multitud, reflexionó sobre lo que había ocurrido en la oficina de seguridad antes de que toda esa situación se hubiese desencadenado. Quinn la había besado. Besado de verdad. Con un beso de «quiero seguir besándote siempre».

Recorrió el atestado salón buscando un lugar donde sentarse sola un minuto, un respiro entre tanto zumbido de charla de los invitados. Siguió a uno de los camareros a través de una puerta en la parte trasera de la sala que conducía al pasillo de servicio.

Había dado sólo unos pocos pasos tras la puerta batiente cuando oyó una voz tras ella.

–Quédese ahí, señorita –Evie se dio la vuelta y se encontró con uno de los agentes del FBI vestido de traje mostrando su placa–. Agente Ryan. No puede marcharse todavía.

El agente se plantó delante de ella. Tenía el cuerpo de un jugador de rugby. Miró su rostro sin pizca de sentido del humor y se le hizo un nudo en la garganta. Su sola presencia era un recordatorio de que no debería haber estado pensando en Quinn. Ya tenía bastante con preocuparse por su hermano.

–No pensaba irme –explicó–. Sólo quería alejarme un poco de la gente.

–Usted es la hermana del sospechoso, ¿verdad?

Sintió una oleada de culpabilidad. De algún modo, enfrentarse con ese agente del FBI hacía las cosas más reales. Rezó para que Corbin no estuviera implicado en el robo.

–Uno de ellos, entiendo, mi hermano es uno de los sospechosos. Estoy segura de que no es el único. Seguro que hay varios... –cuanto más hablaba, más se cerraban los ojos del agente Ryan. Tragó–. Sí, Corbin Montgomery es mi hermano.

–Tengo que interrogarla antes de que se marche.

–Claro –eso sería fácil. Sabía muy poco y no tenía nada que ocultar.

Un momento después, Quinn apareció en el pasillo detrás del agente. Habló tranquilamente con él un momento, después el agente asintió y volvió a la sala. Tomó como una buena señal que confiara en Quinn. Seguro que, si hubiese sido un sospechoso, no los habría dejado solos.

–Ah, mi salvador –dijo floja.

Tan serio como siempre, Quinn no intentó ni simular que se reía, lo que, en esas circunstancias, ella habría apreciado.

–No trataba de marcharme. Sólo necesitaba un momento lejos de la gente.

–Puedo esperar contigo.

–Supongo que realmente estoy en la parte alta de la lista de los más buscados, ¿no?

–Dado que no has ocultado nada, no serás sospechosa. Pero definitivamente eres alguien con quien los agentes quieren hablar.

Se rodeó con los brazos y se frotó la helada piel de los bíceps. ¿Por qué siempre hacía tanto frío en los edificios de oficinas?

–Estás tratando de ser diplomático. ¡Qué tranquilizador! –murmuró sarcástica.

–No es tan malo como eso –se quitó la chaqueta y se la echó sobre los hombros, después la giró hacia donde estaba la comida al final del pasillo y la llevó en esa dirección–. Vamos. A ver si podemos conseguir algo caliente de beber. Quizá tengan cacao o algo así.

–¿Me estás ofreciendo un chocolate? –preguntó incrédula–. Las cosas deben de estar peor de lo que pensaba –había pensado lo peor de ella ¿y en ese momento no sabía qué decirle?–. Ya sé que antes me has mentido cuando me has dicho que aquí no había diamantes. ¿Puedes decirme al menos cuánto ha desaparecido?

–La semana pasada hubo lo que se consideró un simple error de la oficina. Un lote de diamantes que tenía que haber sido enviado a la oficina de Nueva York se envió aquí –se le notaba la tensión en los hombros tanto como en el tono de voz.

–¿Cuánto valían?

–El error no se ha descubierto hasta esta tarde cuando se han descargado. Parecía que alguien había escrito el código incorrecto en el albarán del paquete. Parecía algo inocente. El tipo ni siquiera se había dado cuenta de que lo había hecho. Cuando se descubrió el error, Derek lo arregló todo para que se almacenara aquí esta noche y mañana saliera temprano. Iban a estar en esta oficina menos de doce horas.

—¿Cuánto valían? —cada minuto que pasaba sin que le respondiera, su ansiedad crecía.

—Es difícil decirlo con seguridad. Probablemente alrededor de diez millones de dólares.

Sintió que la sangre se le iba de la cabeza dejándola mareada.

—¿Tanto?

—En el mercado negro seguramente un poco menos. En estos días todo lo que viene de ser tallado en Amberes tiene una marca de láser con el logo de Messina y un número de serie, así que, si los quieren vender, tendrán que volverlos a tallar, pero una vez hecho...

—Ya no se podrán detectar —terminó la frase por él—. Eso es muchísimo dinero. Pero no lo comprendo. ¿Cómo puede alguien saber que los diamantes estarían aquí esta noche? ¿No dices que raramente hay diamantes aquí?

—Ésa es la cuestión. No podían saberlo si no tienen a alguien dentro.

Ambos iban en silencio mientras Quinn la llevaba a casa. Naturalmente ella había protestado porque no era necesario, pero al final se había rendido a su insistencia. Bajo otras circunstancias se habría sentido culpable por aprovecharse del agotamiento emocional de ella.

Esa noche, con diez millones de dólares en diamantes robados delante de sus narices, no tenía tiempo para sentirse culpable.

Mientras salía de la autopista 35E y se incorporaba a la Avenida de Illinois, miró de soslayo y notó que Evie lo estaba mirando. Cuando sus miradas se encontraron, ella dijo:

–No tienes que llevarme a casa, lo sabes.

–Puedes seguir diciéndolo, pero es tarde –un argumento válido porque cuando los agentes del FBI habían empezado a dejar salir a la gente eran más de las dos de la madrugada.

–Y seguro que te preocupa que mi barrio no sea seguro, pero puedes estar tranquilo porque yo siempre estoy allí a las dos de la madrugada y no me ha ocurrido nada malo todavía.

–No hay ningún problema –dijo sencillamente.

–Será un problema para mí cuando tenga que llamar a un taxi por la mañana para recuperar mi coche que está en el centro.

–Te llevaré.

–Lo que nos lleva al punto inicial. Tu mejor cliente ha sufrido un robo. Seguro que tienes cosas más importantes que hacer que ser mi chófer por Dallas.

–Ahora que el robo se ha cometido, está en manos del FBI. No puedo hacer mucho más.

–No esperarás en serio que me crea eso, ¿verdad? ¿Vas a echarte a un lado y dejar que el FBI averigüe quién está detrás de todo esto?

Siempre había sido inteligente, así que no le llevaría mucho tiempo descubrir por qué no quería separarse de ella. No iba a decírselo, si tenía un poco de suerte, estaría lo bastante cansada como para no darse cuenta esa noche.

—No. Te conozco. Vas a andar por ahí de un lado a otro siguiendo pistas o lo que sea que hace la gente de seguridad en estos casos. Interrogarás a los testigos o perseguirás a los sospechosos.

—J.D. puede hacerse cargo de la mayor parte del trabajo. Es de toda confianza.

—¿De toda confianza? Creía que era el segundo en el escalafón.

—Lo es.

—Chico —sacudió la cabeza—. Cuando decías que todo el mundo era sospechoso lo decías en serio. No confías en nadie, ¿verdad?

—Mi trabajo es sospechar de todo el mundo. Aprendí hace mucho tiempo que la mayoría de la gente suele decepcionarte.

Evie se quedó en silencio mirando por la ventanilla con la cabeza echada hacia atrás. Su postura era de relajación. Quinn esperó que se hubiera quedado dormida, pero lo dudaba.

—Lo siento —dijo ella sin moverse.

—No eres responsable de las acciones de tu hermano.

—No es por eso por lo que me disculpo —lo miró—. Siento que lo que sucedió entre nosotros te haya amargado tanto y vuelto tan desconfiado.

Otra vez estaba ahí esa pena. Maldición. Agarró el volante con más fuerza.

—¿Es así es como realmente me ves?

Miró en dirección a ella y a la luz de las farolas que pasaban vio que tenía el ceño fruncido.

–¿Cómo se supone que tengo que responder a eso? En la superficie eres una persona de éxito. Has ganado mucho dinero. Pero no tienes a nadie en quien realmente puedas confiar. Ni siquiera tu segundo. Pareces haber perdido toda la fe en la humanidad.

–Soy el hijo de un alcohólico. Jamás he tenido mucha fe en la humanidad, para empezar.

–No –negó con la cabeza–. No eras así cuando eras joven. A pesar de cómo creciste, tenías esperanza. Y confiabas completamente en mí. Ahora... –se quedó en silencio y de pronto se puso derecha–. No confías en mí. Piensas que puedo estar implicada. Eres... –hizo un gruñido agitando las manos en el aire–. Estás persiguiendo a una sospechosa. ¡Me estás siguiendo a mí!

–A ti no –empezó a protestar, pero ella no le dejó terminar.

–Sí, a mí. Estás en un coche conmigo, ¿no? –volvió a gruñir y se dio la vuelta en el asiento para mirar hacia delante con los brazos cruzados sobre el pecho–. No puedo creer que pienses que tengo algo que ver con esto.

–Tú no –dijo mientras salía de Illinois para entrar en su barrio–. Corbin.

–Si hubiera tenido algo que ver con esto, ¿por qué me habría pasado toda la noche pegada a ti como lo he hecho? ¿Eh? ¿No me habría escabullido tan pronto como hubiera podido?

Detuvo el coche delante de su casa y apagó el motor.

–Vamos dentro y hablemos ahí.

–Bueno –dijo saliendo del coche–, supongo que no tengo muchas más opciones, ¿no? Vas a seguirme de todos modos.

Salió del Lexus híbrido y lo cerró con el mando a distancia mientras la miraba caminar por el sendero flanqueado de flores en dirección a su casa. Cuando salió tras ella, lo miró por encima del hombro mientras metía la llave en la cerradura.

—Ni te pienses que voy a ofrecerte algo de beber.

—No lo esperaba.

Entró directa al dormitorio atravesando el salón. Dado que estaba enfadada con él, no tenía sentido no seguirla.

Sí, estaba realmente enfadada, y no podía reprochárselo. En los últimos días la había insultado, hecho proposiciones indecentes para después rechazarla. En ese momento pensaba que la estaba acusando de estar involucrada en un gran robo. Él también se habría enfadado.

Si se le añadía el hecho de que la había besado sin sentido y que aún no habían hablado de ello... Bueno, tenía suerte de que no lo hubiera golpeado con el bolso todavía.

La siguió hasta el dormitorio. Se había quitado el vestido que yacía de cualquier manera sobre la colcha. En el otro extremo de la habitación había dejado la puerta sólo echada y por la rendija de luz que salía se oía el sonido de agua cayendo.

—Mira, sé que estás enfadada... —empezó.

—Oh, ¿sí? —se interrumpió el sonido del agua y un segundo después se abrió la puerta del baño.

Evie apareció en el umbral envuelta en un albornoz rosa oscuro con el cabello suelto sobre los hombros y el rostro sin maquillaje. Tenía una toalla entre las manos. Las mejillas llenas de rubor. La visión de ella allí, con el halo de luz detrás, casi lo dejó sin aliento, sin contar con que se le olvidó lo que iba a decir.

Ella sufrió un impacto similar. Se detuvo delante de él sólo un segundo antes de pasar de largo.

–Quizá has pasado demasiada parte de tu vida pensando mal de mí, pero yo jamás me implicaría en algo como esto.

En lugar de esperar su respuesta, se acercó a una cómoda y empezó a quitarse las joyas. Él se acercó hasta ponerse tras ella y la mano que se llevaba a una oreja se quedó quieta.

–No creo que estés involucrada –encontró su mirada en el reflejo del espejo–. No lo he pensado nunca. Pero en este momento, eres la mejor línea de investigación que tengo.

–Pero... –se volvió a mirarlo.

–Aunque niegues que tu hermano está implicado de algún modo, la policía lo buscará. Probablemente vigilará su casa. Aunque tienes razón, puedo echarme a un lado y no hacer nada.

–Así que has decidido quedarte conmigo –terminó el pensamiento de él con tono cortante–. ¿Por qué no has dicho eso antes? ¿Por qué dejas que me enfade sin razón y te grite?

–Has pasado una noche difícil –explicó él–. Tienes derecho a estar enfadada.

–Con mi hermano, él ha sido quien me ha metido en este lío, no contigo.

–Pero tu hermano no está aquí. Y necesitas gritarle a alguien.

–Oh –dijo con voz reverente–, eso es muy dulce.

–No –dijo con los dientes apretados–. No lo es.

–Siempre has sido muy caballeroso. Incluso cuando éramos niños –con lánguida lentitud se quitó el otro pendiente y lo dejó sobre la cómoda–. Jamás he entendido cómo podías ser tan amable y educado con la forma en que creciste.

—No era amable y educado.

Esas palabras hacían que pareciera débil, vulnerable. No lo había sido. Siempre había sabido cuándo alejarse de una pelea. Cómo pasar desapercibido.

Su padre había sido un alcohólico irredento, pero no una persona violenta. Quinn tenía nueve años la única vez que el Servicio de Protección de Menores se lo había quitado al padre. Dos semanas en un centro de acogida lo había convencido de que su casa no era peor que la alternativa. Además su padre lo necesitaba. Se había convertido en un experto en cuidar de sí mismo y en no atraer la atención. Cómo había conseguido atraerla a ella era algo que no había sabido jamás.

En ese momento ella lo miraba con la cabeza ligeramente inclinada.

—¿Te acuerdas cuando empezamos a salir?

Por supuesto que se acordaba. Había estado trabajando en Mann's Auto y ella había ido a cambiar el aceite. Había pasado todo el tiempo discutiendo con su padre por el móvil. Cuando fue a la sala de espera a decirle que el coche estaba listo, lo había mirado de arriba abajo antes de decir: «Tú eres ese chico de mi clase de álgebra. ¿Quieres que salgamos el viernes por la noche?».

—Pasaron semanas hasta que me besaste —dijo, y dejó escapar una risita—. Creo que por eso seguí saliendo contigo. Si hubiéramos hecho el tonto esa primera noche, seguramente jamás hubiera ido a una segunda cita.

Tenía esa primera cita grabada en la memoria. Desde el principio había sabido que lo estaba utilizando para recuperar a su padre. No hacía falta ser un genio para darse cuenta. Para ser sincero, tampoco le había importado. Era tan bonita.

–No –siguió ella–. Al final de la noche seguía esperando que hicieras alguna aproximación, pero ni siquiera me tocaste.

–Quería hacerlo –admitió.

Mientras estaban sentados en el coche bajo una farola, su piel había parecido de una suavidad imposible. Casi luminiscente. Igual que en ese momento. Había sabido que salir con él era algo a medio camino entre teñirse el pelo de negro, algo que había hecho y deshecho varias veces a lo largo de los años de instituto, y hacerse un tatuaje, lo que, hasta donde sabía, jamás había llegado a hacer, a pesar de sus numerosas amenazas. Había sabido que era poco más que una rebelión, pero no le había importado. Era demasiado guapa y se sentía demasiado afortunado por estar en su compañía como para que sus motivos le importaran. Con su cabello castaño rizado y su piel pálida como la luna, parecía una mujer de esos cuadros prerrafaelitas que les mostraba la profesora inglesa.

Se había sentado a su lado en el coche sabiendo que esperaba que la besara. Como adolescente lleno de hormonas que era, había cientos, miles de cosas que quería hacer con ella. Y ella era lo bastante rebelde como para dejarle. Pero se miró las manos con las palmas rugosas y las uñas manchadas de grasa.

–Tenía las manos sucias –dijo.

Por qué lo admitió, no lo sabía. Quizá porque, de todas las cosas que quería decirle pero no podía, ésa era la que menos le costaba.

No podía estar con ella hasta que el asunto con su hermano estuviera resuelto. Hasta que supiera cómo terminaba todo no iba a hacer ninguna promesa que no pudiera mantener.

Así que en lugar de decir todo lo que no podía decirle a ella, habló de lo único que podía: cómo se sentía con ella en esa época en que sus vidas habían sido menos complicadas. Y eso que las cosas entre ellos no habían sido poco difíciles.

—¿Las manos? —lo miró divertida.

—Cuando trabajas en un taller, jamás consigues tener las manos realmente limpias.

Se acercó a él de un modo sensual meciendo las caderas debajo del albornoz.

—Ahora no tienes las manos sucias.

Quinn no pudo contenerse más. En lugar de eso, la atrajo hacia él y la besó. Su boca era cálida. Sus labios suaves y húmedos. Acogedores.

A diferencia de la noche anterior, no había rabia en su beso. Ni rebelión. Ni resistencia. Sólo una suave aceptación. A diferencia de antes esa misma noche, no había pena. Ni remordimiento. Ni penitencia. Sólo indicios de deseo. De esperanza.

Se apoyó contra él mientras un pie descalzo subía por la parte de atrás de su pierna. Siguiendo el ejemplo de ella, la agarró de las nalgas y la levantó frotando su erecto sexo contra la V que formaban sus piernas. Ella separó los muslos y él se metió automáticamente entre ellos llevándola hacia atrás hasta que su peso descansó sobre la cómoda. El albornoz se había abierto así que lo único que separaba sus cuerpos eran sus pantalones y un delicado jirón de seda. Estaba a un paso del paraíso.

Deslizó las manos debajo del albornoz y la agarró

de la cintura. Exploró su piel con hambrienta necesidad, deleitándose con las sacudidas de los músculos de su vientre, las rápidas subidas y bajadas de su pecho, el peso de sus pechos en las manos. Tenía que haber mil metáforas con las que describir lo desesperadamente que la deseaba. Metáforas sobre hombres hambrientos y festines, travesías del desierto y oasis. Ninguna de ellas alcanzaba la profundidad de su deseo.

No quería solamente mantener relaciones sexuales con ella. Quería consumirla. Envolverla con su cuerpo y absorberla a través de la piel. Poseerla tan completamente que no supiera dónde terminaba él y empezaba ella.

Sus manos parecían estar en todas partes a la vez. Enterradas en su cabello, agarrando sus nalgas. Desabrochando su cinturón. Su piel estaba caliente. Deslizó una mano bajo la sedosa tela de las bragas y encontró su húmedo centro. Cuando pasó el pulgar sobre el punto de su deseo, ella apartó la boca de él, echó la cabeza para atrás y rugió. El sonido gutural partió del fondo de su garganta y su cuerpo se estremeció en respuesta.

Simplemente no podía tener suficiente de ella. Podría haberla poseído allí mismo, sobre la cómoda, si no hubiera notado una persistente vibración en el bolsillo. Su móvil. Trató de ignorarlo. Sonó. Después sonó el localizador, después un mensaje. Cuando la secuencia completa volvió a empezar, interrumpió el beso, apoyó la frente en la de ella intentando recuperar el control de su cuerpo. De pronto volvió a sentirse con diecisiete años. Desesperado, necesitado, indigno.

Sacó el teléfono del bolsillo. En lugar de apagarlo, como quería hacer, miró el mensaje de texto. Lo leyó: *Noticias sobre CM. J.D.*

Quinn se había apartado de ella tan rápidamente que la cabeza le daba vueltas. En un momento la estaba besando y al minuto estaba cerrándole el albornoz y separándose de ella. La dejó sentada en la cómoda. Jadeando, deseosa, necesitada.

Se quedó de pie con gesto tenso de espaldas a ella un momento. Cuando se dio la vuelta se estaba abrochando la chaqueta. Se colocó el pelo con una mano.

—¿Qué...? —empezó ella.

—Este no es el momento —su voz estaba llena de deseo, deseo que podía haber saciado en ese momento, pero había decidido que no. ¿Por qué?

Se dirigió a la puerta. Prácticamente corriendo. Lo alcanzó en la puerta de la calle.

—¿Adónde vas? Pensaba que era tu mejor línea de trabajo. Que ibas a permanecer pegado a mí hasta que Corbin se pusiese en contacto conmigo.

Sus ojos buscaron el rostro de ella y por un momento pensó que se iba a derrumbar, pero entonces dijo:

—Vigilaré la casa desde el coche. Confío en que me lo hagas saber si llama.

—Espera un segundo. Después de todo lo que has dicho sobre lo peligroso que es mi barrio, ¿vas a pasar la noche en el coche? Es una locura.

—Supongo que has conseguido convencerme de que es seguro —sonrió.

«O piensas que estar aquí dentro es más peligroso».

Una vez más Quinn la había dejado insatisfecha. ¿Era un paso más de su retorcida venganza? ¿O era demasiado honorable como para aprovecharse de ella?

Ninguna de las dos preguntas era buena para su mente. Si era sincera consigo misma, se sentía un poco de vuelta al instituto, otra vez hecha un lío. Deseó poder hacer como si lo que sentía en ese momento fuera una ilusión. Un mero eco de sus sentimientos de entonces. Pero se temía mucho que las cosas habían ido más lejos que todo eso.

El muchacho que fue Quinn había hablado a su yo adolescente de un modo que nadie lo había hecho. Su tranquila seriedad, su respetuosa atención, casi adoración, su profundo sentido del humor. Todo eso había sido un bálsamo para su alma inquieta. Ese nuevo Quinn adulto tenía muchas de esas buenas cualidades, pero también había algo más. Su abrumadora presencia. Su fuerza. Y el sentido del honor, que había conseguido mantener a pesar de su cinismo. Podía ser desconfiado, pero no era frío. No era poco sensible. De hecho, parecía que casi sentía las cosas más profundamente.

Y nada de eso era bueno para ella. No quería volverse a enamorar de Quinn. No cuando había tantas cosas que se interponían entre ellos.

Después de todo, entre proteger a su hermano y proteger a Quinn, ¿cómo iba a hacer para proteger su propio corazón?

Capítulo Siete

–Dime que ella no está implicada.

Quinn se arrepintió de esas palabras en el momento en que salieron de su boca. Sin embargo, ese arrepentimiento no evitó que contuviera la respiración mientras esperaba la respuesta.

Había estado al teléfono con J.D. varias veces a lo largo de la noche. Hasta ese momento había dejado a su segundo el peso de la conversación. Las noticias habían ido saliendo con cuentagotas desde el punto en que se había anulado el sistema de seguridad hasta llegar a la detención de un cómplice en el aeropuerto. Ninguna de las noticias había sido buena. Al menos no exoneraban a Corbin.

J.D., que acababa de sentarse en el asiento del acompañante del coche de Quinn, se subió la cremallera de la chaqueta e ignoró la afirmación de su jefe.

–Aquí dentro está helando. ¿Llevas aquí sentado toda la noche?

«Helando» era una exageración, lo mismo que «toda la noche», ya que sólo llevaba unas tres horas. Apenas había notado el frío. Había pasado cada segundo de esas horas pensando en Evie. Reviviendo el pasado, el beso, preguntándose qué demonios debía haber hecho esa noche. Sinceramente, no se le había ocurrido que podía hacer frío.

–¿Qué has descubierto? –preguntó a J.D.

–No mucho –le tendió una carpeta, después juntó las manos y se echó el aliento en ellas–. ¿Puedes poner la calefacción?

–Quejica –murmuró mientras abría la carpeta.

A su lado, J.D. se movió en su asiento y se metió las manos en los bolsillos.

–Eh, ¿qué quieres que diga? –se recolocó el arma–. Soy un tipo de sol, arena y surf.

Quinn lo ignoró y siguió leyendo. Su preocupación creció. La situación era más o menos la que había esperado. Maldición, algunas veces odiaba tener razón. Evie quería pruebas. Bien, ahí las tenía. No sabía si tendría el valor de decírselo.

Cerró la carpeta.

–¿Me has traído algo más?

–¿Café?

A J.D. le llevó un momento darse cuenta de la preocupación de Quinn. Finalmente sonrió y asintió.

–Claro. ¿Tienes un donut para acompañarlo?

–Veré –llamó por el móvil y, antes de que hubiese colgado, alguien salió del coche en el que había llegado J.D. y que estaba aparcado detrás de ellos.

La mujer, Alyssa, del equipo de J.D., se acercó al coche de Quinn, golpeó el cristal de J.D. y, cuando éste bajó la ventanilla, le entregó dos vasos de café y una bolsa marrón.

Quinn arqueó una ceja.

–Así que habías traído desayuno y no me lo querías dar hasta que me hubiera leído el informe.

–No sabía cómo reaccionarías. No hay donuts. Dos magdalenas.

Quinn tomó una de las magdalenas y después dijo a modo de agradecimiento:

–Puedo afrontar las malas noticias. No hace falta que me mimen como a un colegial.

J.D. asintió, pero no se disculpó, en lugar de eso, dijo:

–Si fuera mi mujer la que estuviera ahí –señaló con un gesto de la cabeza hacia la casa– y tuviera que entrar y contarle lo que acabas de saber sobre su hermano, supongo que estaría tan enfadado con ese canalla que no podría estar aquí sentado tranquilamente tomando café.

–Entonces es buena cosa que no sea mi mujer, ¿verdad? –miró a los ojos a J.D.

Con gesto desafiante mordió la magdalena y masticó en silencio. Lentamente. Con calma. Para asegurarse de que J.D. no malinterpretaba su forma de masticar y la confundía con ira.

No quería que J.D. pensara que necesitaba que lo protegieran. La mejor protección era tener información y lo antes posible, no cuando alguien pensara que estaba preparado para escucharla. Su fingida indiferencia no tenía nada que ver con cómo se sentía porque todo el mundo en su empresa estuviera al corriente de sus asuntos.

Porque claro que estaba enfadado. Si dependiera de él, cazaría a Corbin y lo haría pedazos. Sólo deseaba que sus motivos fueran puros. Desear atrapar a Corbin porque había quebrantado la ley. O porque le había hecho un daño irreparable a McCain Security. O incluso porque su acción rompería el corazón a Evie. No, Quinn despreciaba a Corbin porque probablemente él había terminado con cualquier posibilidad que tenía de recuperar a Evie.

Porque atraparía a Corbin y se lo entregaría a las

autoridades. Tenía que hacerlo. Porque era su trabajo y era lo correcto. Pero una vez que lo hubiera hecho, Evie jamás se lo perdonaría.

Así que, en lugar de hacer lo que debía, que era entrar en casa de Evie y volver a interrogarla, se sentó a comerse la magdalena y beberse el café como si el corazón no se le hubiera hecho pedazos dentro del pecho.

Estaba masticando cuando volvieron a llamar al cristal. Alzó la vista esperando ver a Alyssa y se encontró con Evie.

Estaba de pie, temblando, con un suéter color crema y unos pantalones anchos que parecían demasiado finos. Tenía los brazos alrededor de la cintura lo que, combinado con las ojeras, la hacían parecer más frágil que nunca.

J.D. bajó la ventanilla y la miró mientras preguntaba:

—¿Puedo ayudarla en algo, señora?

—Dámelas —dijo ella.

—¿Dar qué? —dijo J.D. bebiéndose el café con aire inocente.

—Las noticias que sean —miró a Quinn—. Es evidente que tenías algo de lo que informar o no estarías aquí a las seis de la mañana. Si aparca algún coche de policía más delante de mi casa, los vecinos van a pensar que vendo crack por la ventana de atrás.

—No somos policías...

—Da lo mismo —cortó ella—. Ninguno de los dos hacéis juego con el vecindario —volvió a mirar a Quinn—. Si os ponéis una capa, se os confunde con el Capitán América. Y ahora dime lo que sabes.

Quinn sabía qué estaba preguntando en realidad. Lo había retado a darle pruebas. No quería saber qué

101

había encontrado, quería saber si ya tenía esas pruebas. Consiguió con mucho esfuerzo poner coto a sus turbulentas emociones y la miró a los ojos.

—Vamos dentro. Será un minuto.

Ella le sostuvo la mirada un largo tiempo. En sus ojos verdes se acumulaba la preocupación, su rostro estaba exhausto. Finalmente asintió y se giró hacia la casa murmurando algo sobre un café.

Mientras Quinn y J.D. salían del coche, éste último preguntó:

—¿Quieres que me quede aquí?

—No, vuelve a la oficina. Házmelo saber si te enteras de algo más del FBI. Pero no compartas con ellos lo que has descubierto hasta al menos otro día más. Esperemos que confíen lo bastante en su propia investigación como para no venir a preguntarnos a nosotros.

—¿Y si lo hacen?

—Entonces les das el informe. No quiero ser acusado de obstrucción a la justicia —rodeó el coche y añadió—: Y asegúrate de que el avión está lleno de combustible y el piloto listo.

—¿Plan de vuelo? —preguntó J.D.

—Islas Caimán. Lo antes posible —dijo firme—. Voy a ir allí, encontrar a ese canalla y a traerlo.

Pero primero tenía que enfrentarse a Evie y decidir si le contaba la verdad sobre su hermano o no.

Evie tenía la sensación de no haber dormido nada en absoluto. Le ardían los ojos como si los tuviera llenos de arena, la garganta seca e hinchada como si hubiera pasado la noche llorando, cuando en realidad la había pasado tratando de no llorar. Cuando se había quedado dormida, había entrado y salido del sueño, soñando una y otra vez con Quinn y ella recorriendo en coche oscuras carreteras mientras las luces de la policía los perseguían. Sólo cambiaba que en el sueño quien sacaba a Quinn del coche no era el sheriff Moroney, sino Corbin. Después aparecía un agente del FBI y la detenía a ella y la metía en la cárcel. Y cada vez que la metían en el coche de la policía, Quinn la mirada impasible y sin ninguna emoción.

Estaba perdiéndolo otra vez. No era que lo hubiera tenido. No era que necesariamente lo quisiera. Pero durante unos minutos esa noche había atisbado la posibilidad de volver a merecer su confianza. Y durantes esos embriagadores momentos su corazón había remontado el vuelo.

Después de la tarde y la noche que habían pasado, no estaba en condiciones de analizar qué significaba todo aquello para ella emocionalmente. Sólo sabía que en ese momento, cuando se había acercado a su coche, la mirada de Quinn lo decía todo: Corbin tenía un grave problema. Y Quinn, siendo Quinn, iba a tratar ese asunto con su incuestionable sentido del honor.

–Oh, por Dios, no debería ser tan difícil –tiró frustrada la cuchara del café.

–¿Necesitas ayuda?

Dio un brinco al escuchar la voz de Quinn sorprendida de verlo en la puerta de la cocina.

–¿Qué? –entonces se dio cuenta de que miraba a ella y a la cafetera con una ligera expresión de confusión en el rostro–. Oh –murmuró recogiendo la cuchara y siguiendo con la tarea–. No. Ya está. Asumo que voy a necesitar cafeína para esto.

La falta de respuesta de Quinn ya era suficiente contestación. Lo miró esperando que cruzara la diminuta cocina y la rodeara con sus brazos. Que le ofreciera el consuelo de su abrazo, aunque las noticias que iba a darle no fueran a ser en absoluto cómodas. Pero no caminó hacia ella, y con cada segundo que pasaba la grieta que había entre los dos se ensanchaba.

Quinn frunció el ceño. Permaneció de pie apoyado en un armario y las manos en el borde de la encimera.

–Evie, al respecto de tu hermano...

Sus dudas la sorprendieron. El Quinn que conoció en el instituto siempre hablaba despacio, pensaba bien antes de abrir la boca. Pero el Quinn adulto no era así. Era apasionado, decidía, se enfadaba, incluso a veces resultaba desdeñoso. Pero cauto no lo había visto.

–Sí –animó ella agarrando fuerte una taza.

–Dime cuándo descubriste que debía dinero a los Mendoza.

–Fue... no sé, hace un par de semanas, supongo –su mente estaba lenta fruto de los nervios. Para aclararse, se dio la vuelta y sacó la jarra de la cafetera–. Corbin empezó a actuar de un modo extraño. Siempre estaba nervioso. Supe que estaba pasando algo. Le pregunté hasta que cedió.

–¿Qué fue lo que te dijo exactamente?

–No mucho –admitió echándose una generosa cantidad de azúcar en el café–. Sólo que debía a una gente una importante cantidad de dinero. Había estado jugando otra vez y perdido mucho.

–¿Otra vez? –preguntó Quinn.

–Cuando dejó la universidad, se vino abajo una temporada –admitió triste–. Mi padre lo apoyó durante un año, pero después lo desheredó. Insistió en que se pusiera a trabajar o volviera a la universidad a terminar sus estudios. Como Corbin no hizo ninguna de las dos cosas, empezó a jugar profesionalmente.

–¿Profesionalmente?

–No lo sé –se ruborizó, no quería admitir que había estado voluntariamente ciega a la conducta de su hermano–. Supuse que serían torneos de póquer y cosas así. Como lo que se ve en la tele. Pensaba que sería algo elegante.

–¿Y vivía de eso?

–No muy bien –Quinn parecía mirar su taza de café, así que se puso a prepararle otra a él–. Pedía mucho dinero, pero tras unos meses las cosas se asentaron. Empezó a irle mejor, supongo. Dejó de hablar de ello. No pidió dinero en mucho tiempo. Supongo que asumí que todo iba bien –le dio la taza de café y rió nerviosa–. Cambiaba de piso cada dos por tres, cada uno mejor que el anterior. Mejoró de forma de vestir. Cada vez coches más rápidos –no quería admitir que había ignorado lo que gastaba. Averiguar cómo había ganado ese dinero no era asunto suyo–. Obviamente debería haber prestado más atención.

–Tu hermano ya es un hombre. No eres responsable del lío en el que está metido.

Sonrió irónica por el intento de reconfortarla, aunque se preguntó si él mismo se lo creía. Debía de estar deseando excusarla de algún modo, pero eso no se traduciría necesariamente en que la perdonara por la parte que le tocaba en todo aquello.

–Así que finalmente se vino abajo y te habló de las deudas de juego...

¿Era sarcasmo lo que había en su voz cuando había dicho «vino abajo»?

–Eso fue hace un par de semanas. Estaba tan hecho polvo... No quería mi ayuda –insistió–. Tuve que rogarle que me dejara buscar el dinero.

–Estoy seguro de que lo hiciste.

–Se sentía humillado por tener que pedir ayuda. Pero le dije que haría cualquier cosa. Que hablaría con nuestro padre. Que pediría un préstamo. Cualquier cosa –sacudió la cabeza. Tenía la taza sujeta con las dos manos y notaba el calor del café a través de la cerámica.

–¿De quién fue la idea de recurrir a mí?

–Fue idea mía.

¿Era eso? ¿Era ésa la razón de que se mostrara tan frío? ¿La hacía responsable de haberlo metido en ese lío?

–¿Él no lo sugirió? –preguntó Quinn.

–No. Yo pensé en ello.

–¿Estás segura?

–Sí –pero de pronto ya no estaba segura, de pronto deseó desesperadamente que la abrazara, pero él permaneció en el otro extremo de la cocina–. Quiero decir que así lo creo. Tu nombre salió en la conversación. Una vez que sucedió así, yo supe cómo conseguir el dinero que él necesitaba. Ciertamente él no me pidió que recurriera a ti –lo que era cierto, pero recordando, no era capaz de saber con precisión quién había mencionado el nombre de Quinn en primer lugar.

Pero claro, tenía que haber sido Corbin, ¿no? Ella jamás había mencionado a Quinn. No había pensado en él. Nunca había dejado que el menor indicio de él se colara en su cabeza por temor a que se quedara allí a vivir. Que su anhelo de él lo acogiera y lo hiciera crecer. Que hiciera una madriguera en su alma y jamás se marchara de allí.

Pero no podía pensar en nada semejante en ese momento. Porque Quinn estaba allí, delante de ella, imposible de ignorar. No sólo su corazón estaba en peligro, sino también el futuro de su hermano.

–Por favor, no me hagas más preguntas. Dime lo que habéis descubierto.

Después de un momento de estudiarla detenidamente, asintió.

–De momento parece como si hubiera sólo una persona responsable del robo... que es la persona que violó el sistema de seguridad y físicamente sacó los diamantes del edificio.

El temor que llevaba calentándose en su vientre desde la semana anterior finalmente alcanzó el punto de ebullición. Se sentó en la silla de al lado de la mesa. Sabía lo que iba a decir.

–El FBI cree que fue contratado con el equipo del catering. Quizá hace semanas.

Quinn había tenido mucho cuidado de no mencionar el nombre de su hermano, todavía. Hablaba de él en un misterioso modo impersonal, pero ella sabía a quién se refería. Los dos lo sabían.

Le había pedido que no le dijera nada de lo que no tuviera pruebas. Aparentemente lo estaba haciendo en sentido estricto. Como si no mencionando el nombre de Corbin la protegiera a ella.

–Estaba con el personal del catering durante la preparación de la tarde. Así consiguió acceder a la oficina. Debía de haber alguien más trabajando en el edificio para desconectar el sistema de seguridad porque en algún momento fue capaz de escabullirse sin que lo notara el resto del personal. Desde el pasillo de servicio usado por los camareros creemos que es desde donde accedió a los conductos por los que llegó hasta la oficina de Derek. Como era sábado y todo el mundo estaba ocupado preparándose para la fiesta, nadie del personal de Messina estaba en esa planta.

Quiso preguntarle por ese sistema de seguridad, el que había dicho que era imposible de atravesar, pero esa pregunta sonaría acusatoria y aquello no era culpa de Quinn. Además, lo conocía lo bastante bien como para saber que ya se habría culpado el solo bastante. Así que permaneció en silencio.

—Debió de llevarse los diamantes antes de que llegaran los invitados. Tenía que salir por los conductos también. Dado que el espacio era estrecho, debía de estar cubierto de polvo. No podía volver al trabajo de camarero. Tenía que haber sabido que eso ocurriría porque tenía a alguien que desconectó las cámaras del piso once, donde salió del conducto, se cambió de ropa y salió del edificio antes de que llegaran los primeros invitados.

La mente de Evie seguía agarrada al último rayo de esperanza.

—El conducto de ventilación es pequeño, has dicho. Mi hermano es alto —no tanto como Quinn, pero sí bastante alto.

—Es alto, pero es delgado.

—¿Cómo lo sabes? —saltó irracionalmente de la silla dispuesta a defenderlo—. No has visto a Corbin desde el instituto. Ahora podría ser como un jugador de rugby.

–Pero no lo es –dijo sacudiendo lentamente la cabeza como si lo decepcionara su defensa de Corbin.

Abrió la carpeta de la que sacó una fotografía en blanco y negro y se la dio.

–Esto es una ampliación de la cámara de seguridad de la zona del catering.

A pesar de la escasa calidad de la imagen, Evie pudo reconocer a su hermano, vestido con una chaqueta blanca de chef que le quedaba grande y que enfatizaba la estrechez de sus hombros y su constitución delgada.

Volvió a sentarse en la silla.

–Ah, Corb, ¿qué has hecho?

Quinn se agachó y le tomó las manos.

–No eres responsable de esto. Corbin ha elegido.

Gracioso, en otras circunstancias era ella quien decía eso. Decía lo mismo en el trabajo constantemente. La gente decide. Puedes ayudarlos cuando te lo piden, pero no puedes asumir la responsabilidad por sus errores. Pero se trataba de su hermano. De quien se había ocupado desde que tenía cinco años. Y se descubrió haciendo las mismas protestas que hacían siempre los miembros de las familias.

–Has hablado de otras personas –dijo ella–. Los que desconectaron las cámaras y el sistema de seguridad. ¿Qué pasa con ellos?

–¿Qué pasa con ellos?

–Bueno, también están implicados, ¿no? ¿Qué pasa si encuentras primero a Corbin? Hablas con él. Lo convences de que devuelva todo y negocie un acuerdo con las autoridades. Puedes hacer eso, ¿verdad?

–Así no es como funciona esto.

–Seguro que sí. Se ve constantemente. Los programas de protección de testigos y todo eso. La gente llega a acuerdos para pescar a peces más gordos. Eso lo mantendría fuera de la prisión al menos, ¿no?

–Te prometo una cosa, Evie. Encontraré a tu hermano. Y lo haré antes que el FBI. Si se puede hacer un trato, haré todo lo posible para que así sea.

Y dicho eso, se irguió y se dispuso a marcharse. Ella salió corriendo detrás alcanzándolo en el salón.

–Espera un segundo. ¿Dónde vas?

–A encontrar a tu hermano.

–Iré contigo.

–Imposible. No.

–Sí –se lanzó sobre la puerta para que no pudiera salir–. Iré.

–No.

–Quinn, esto es importante. Tienes que dejarme ir. Yo puedo ayudar. Puedo hablar con él. Sé que puedo.

Después de un minuto, Quinn asintió pesadamente. El alivio que ella sintió se atemperó al escuchar sus siguientes palabras.

–Sólo si tienes pasaporte.

–¿Para qué demonios necesito el pasaporte para ir al piso de mi hermano?

Mientras decía la frase se dio cuenta de que su hermano podía no estar en su casa. Podía estar oculto en cualquier sitio. Quinn respondió a su siguiente pregunta antes de que tuviera tiempo de hacerla.

–No está en su piso –dijo–. Creo que ya está en las Islas Caimán.

Capítulo Ocho

El silencio con que ella aceptó su afirmación lo sorprendió por completo. Evie se limitó a asentir y después con firme determinación dijo:

–Voy a por el pasaporte, pero no creo que esté allí.

Quinn se metió las manos en los bolsillos y dejó caer los hombros por el peso de su incredulidad.

–No tienes que venir. No te lo he pedido.

–No es que no confíe en ti.

–Obviamente.

–Pero mi hermano es la única familia que me queda. Y yo soy la única familia que tiene. Alguien tiene que creer en él.

Podría haberle dado una patada en el estómago. Una vez, había creído en él de ese modo. Toda esa maravillosa fe podía haber sido suya. Y la había tirado por la borda.

Si ella no quería que la tocara, era culpa de él. Las cosas podrían haber sido de otro modo. Pero el único consuelo que podía ofrecer era la tranquilidad de saber que encontraría a su hermano antes que los federales.

Cuando él asintió, ella cruzó corriendo el salón y se lanzó a sus brazos. Él la abrazó deseando ser el refugio y la fuerza que nadie en su vida había sido.

Le acarició la cabeza lentamente.

–Deberías quedarte aquí. Descansar unos días. Tomártelo con calma. Te lo haré saber si encuentro algo.

«Si encuentro algo», había dicho.

Pero claro, eso significaba «cuando encuentre a Corbin».

Habría dicho que ella se sintió tentada. Que se quedaría en casa. Que seguiría con su vida. Volvería al trabajo el lunes. Se metería en los problemas de otras personas. Haría como si su hermano no estuviera metido en algo serio. Haría como si no la hubiera involucrado en algo ilegal, aunque hubiera sido sin querer.

Quinn rezó para que aceptara. Como todos los demás en su vida, él también le había fallado. Pero podía quitarle esa carga de encima. Encontraría a su hermano, lo llevaría sano y salvo a su casa aunque fuera para que afrontara las consecuencias de sus actos.

Sabía que ella nunca lo perdonaría por el papel que él tenía que representar en todo aquello, pero al menos ella no vería a su hermano entregarse a la justicia.

Pero claro, sabía perfectamente que ella no le dejaría hacerse cargo de todo. No era la clase de persona que huía de las cosas, no importa lo desagradables que fueran. Siempre se había enorgullecido de ser tan dura como hiciera falta. Pasara lo que pasara con su hermano, ella lo afrontaría.

Evie salió del abrazo.

–De acuerdo, voy a hacer el equipaje.

–Volveré en una hora para recogerte, si estás segura –dijo mientras se dirigía a la puerta.

–Sí, estoy segura. No puedo permitir que hagas esto por mí.

Quinn dudó con la mano ya en el picaporte de la puerta.

–Necesito que entiendas que no hago esto sólo por ti. Le debo a Messina todo lo que tengo.

–Lo sé –asintió con una sonrisa triste en los labios–. Y tu negocio lo es todo para ti. Lo comprendo. No esperaba... –dejó escapar un suspiro–. Bueno, no importa lo que suceda, sé dónde están tus prioridades.

Incapaz de ver la debilidad de ella un segundo más, salió por la puerta. Quizá un tiempo solos fuera bueno para los dos.

Quinn se imaginó que habría una buena oportunidad de estrangular a Corbin con sus propias manos. Y tendría también buenas oportunidades de convencer al jurado del idiota en que se había convertido. Aunque no fuera capaz de defender su actuación, habría valido la pena.

Sentado al lado de Evie en el asiento trasero de la limusina que había contratado para que los recogiera, no podía dejar de notar cómo la habían afectado los últimos días. Estaba pálida. Tenía bolsas oscuras bajo los ojos que no había querido o podido ocultar con maquillaje. Se había recogido el pelo con un sencillo pasador, pero unos cuantos mechones colgaban libres. En realidad parecía como si se hubiera sujetado el pelo mientras hacía otra cosa para quitárselo de los ojos y después había olvidado que lo había hecho.

La diferencia entre como estaba en ese momento y como estaba el miércoles era muy marcada. Ese día había hecho un esfuerzo evidente para estar lo mejor posible. Ese esfuerzo no lo había hecho en ese momento. No era que le importase. Para él era preciosa se vistiese como se vistiese. Daba lo mismo lo agotada que estuviera.

No, lo que le importaba era que ella se merecía algo mejor. Se merecía una familia que la quisiese. No un padre que la había abandonado y un hermano que la utilizaba.

—No tienes por qué venir.

—Sí, pero quiero ir —insistió ella. Lo dijo sin dejar de mirar dentro del bolso en el que buscaba algo nerviosa desde que se habían metido en el coche—. Tengo un vecino que se hace cargo de los animales mientras estoy fuera. Tengo el monedero y el pasaporte —murmuró—. Ésas son las dos cosas más importantes, todo lo demás puedo comprarlo cuando lleguemos, ¿no? —no esperó a que él respondiera antes de sacar la cartera y recorrer con el dedo el borde de dos tarjetas de crédito metidas en dos solapas—. Debería tener crédito suficiente en ésta. Es la de emergencia, pero jamás he comprado así un billete de último minuto. ¿Crees que será muy caro? Tengo un límite de cinco mil dólares. ¿Será suficiente?

—No vas a pagar nada.

—Por supuesto que voy a pagar. Siempre pago mi parte.

—Esta vez no.

Sería monstruoso hacerle pagar el billete cuando iba a ayudarle a detener a su hermano.

No era que tuviera la autoridad para detener a Corbin cuando lo encontraran. Incluso el FBI tendría que trabajar duro para conseguir la extradición. No, en ese momento su objetivo era recuperar los diamantes y convencerlo para que volviera a Estados Unidos. Pensar en Evie presenciando todo aquello hacía que sintiera un nudo en el estómago.

—Desde luego que no te voy a dejar pagar —dijo ella

con tanta fiereza que al instante él se sintió como un bellaco. Tanto orgullo e independencia. Ahí estaba ella, lista para sacar rápidamente su tarjeta de crédito con límite de cinco mil dólares.

–¿Eres siempre así de orgullosa o es que no quieres aceptar limosnas?

Se ruborizó y apretó las mandíbulas antes de decir:

–No acepto limosnas de nadie.

Pero había esperado demasiado tiempo para decirlo. Podía decirse que, aunque eso era cierto en general, se habría dicho que estaba particularmente vigilante cuando se trataba de él. Ya estaba bien. Había estado demasiadas veces del otro lado en esa conversación. Sentirse objeto de lástima sólo empeoraba las cosas.

Pero jamás había estado a ese lado de la conversación antes. Nunca había estado en la posición de querer ayudar y no tener modo de hacerlo sin herir el amor propio de la otra persona.

–Si te hace sentir mejor, puedes ocuparte de tus gastos una vez que estemos allí. Pero no puedes pagar tu billete de avión. Vamos en un avión privado.

Lo miró pálida antes de decir:

–¿Un avión privado? –repitió–. ¿Has alquilado un avión para esto?

–No he alquilado el avión, es un avión de la empresa.

–¿De Messina o de McCain?

–De McCain Security.

–Estupendo, es tu avión –dijo con los dientes apretados–. Tienes un avión.

–Es un avión de la compañía.

–Vale. Que estoy segura de que necesitas para ir a todas tus exóticas sedes internacionales –agitó en el aire una mano despreocupadamente como si el tema de conversación no le importara–. Así que la mitad del coste de un avión privado a las Islas Caimán es... –hizo una serie de gestos exagerados con los dedos como si contara con ellos–. Bueno, veamos, debe de ser alrededor de mi salario de un año. ¿Qué te parece, acierto?

–Así que no puedes pagar el billete de avión. No es tanto problema.

–No lo es para ti –remarcó como si el dinero fuera un problema entre ellos.

–Eh –le alzó la barbilla con suavidad para que lo mirara–. Siempre decías que el dinero no era importante. Que jamás se interpondría entre nosotros –lo había repetido una y otra vez cuando salían en el instituto–. ¿De verdad lo creías?

–¡Por supuesto que sí! –la indignación brilló en su rostro.

–Entonces ¿cuál es la diferencia ahora? Si el dinero no importa, no debería importar si es el mío o el tuyo.

No podía contar las veces que se había tragado el orgullo y le había dejado pagar a ella porque literalmente ella lo había pagado todo. Su sueldo de mecánico daba justo para vivir su padre y él. No para entradas de cine, ni hamburguesas, ni flores en San Valentín. Con diecisiete años eso lo había matado.

–Eso era distinto –su tono era escueto y no lo miró a los ojos.

–¿Distinto? ¿Porque era tu dinero y no el mío? ¿Porque no eras tú la que necesitaba ayuda?

–No –lo miró fijamente–. Porque entonces éramos pareja. Salíamos. Una cosa es aceptar ayuda de alguien de quien estás enamorado y otra...

116

No supo cómo terminar la frase, pero adivinó qué era lo que ella no quería decir en voz alta. Era algo completamente distinto aceptar ayuda de alguien de quien se estuvo enamorado.

Evie frunció el ceño, una expresión que tanto podría haber sido de culpa como de duda. Ya no la conocía lo bastante bien como para saberlo.

–Quinn, yo...

–Lo entiendo –la soltó y miró hacia el frente–. Las cosas son distintas entre nosotros ahora. Pero no hay nada que pueda hacer sobre el avión. Está preparado. Podríamos esperar unas horas para tomar un vuelo comercial, pero el tiempo es esencial.

–Yo...

–No digas que me lo pagarás –dijo en un tono más cortante de lo que pretendía, pero ¿qué podía decir?

La limusina se detuvo en la pista de aterrizaje. En cuanto estuvieron sentados en el avión, Evie abrió la boca para decir algo, pero él habló antes.

–Estás agotada –le recordó–. Trata de dormir algo en el avión. Es un vuelo de casi cuatro horas.

Una vez en la isla dispondrían del suficiente tiempo juntos en privado para que ella le dijera con más detalle que ya no lo amaba. No era que hubiera pensado que lo amara, lo que no sabía era lo que le dolería descubrir que era así.

Evie estaba segura de que no sería capaz de dormir en esas circunstancias. A pesar de eso, poco después de despegar se quedó dormida en uno de los lujosos asientos de cuero. El cómodo asiento combinado con el sonido del avión, la ayudó a dormirse.

Se despertó unas horas después y vio a Quinn aún sentado en uno de los asientos del otro lado del avión hablando por el manos libres del móvil. Hablaba en un susurro mientras tecleaba en un portátil.

Por la ventanilla no se veía nada más que el mar y algunas nubes aquí y allá. Quinn estaba tan concentrado que no se dio cuenta de que se había despertado, así que tuvo la oportunidad de mirarlo sin que él lo supiera. Cuando habían llegado al avión, había ido al aseo. Había sido imposible ignorar el mal aspecto que tenía. Aunque se había hecho algunos arreglos rápidos en el cabello, esperaba que el sueño hubiera cambiado su aspecto de dar miedo a presentable.

Naturalmente Quinn tenía un aspecto fantástico. Llevaba un traje negro carbón que parecía que se lo hubiesen hecho directamente sobre los hombros. Por lo que sabía, quizá habría sido así. En su rostro se notaban señales de preocupación como las de ella, pero las arrugas lo hacían parecer más resistente que macilento.

Antes de que se deprimiera por completo por esa constatación, Quinn se puso en pie y cruzó la cabina para sentarse a su lado.

–Tienes mejor aspecto. ¿Has dormido bien?

Se sentía tan emocionalmente en carne viva que no podía soportar su amabilidad.

–Parece que estabas trabajando, ¿has sabido algo nuevo? –dijo en lugar de responder.

–Pronto aterrizaremos. No tiene sentido darle vueltas al tema hasta que estemos instalados en la casa.

–Preferiría... –empezó.

Pero él la ignoró.

–¿Por qué no me cuentas cómo fue que te dedicaste al trabajo social?

Era evidente que estaba tratando, otra vez, de cambiar de tema. ¿No quería hablar de su hermano? Bien, por eso era por lo que había preguntado ella, ¿no?

De los cuatro asientos que se miraban unos a otros, Quinn se sentó en el que estaba en diagonal con el de ella. Así que giró un poco para mirarlo. Cruzó una pierna sobre otra y preguntó:

–¿Por qué haces esto?

–¿Hago qué?

–Ser tan bueno. Tan amable. Como si fuera una especie de triste compromiso social. Porque deberías saber que me estás fastidiando de verdad.

La miró con unos ojos que expresaban como ganas de echarse a reír. Pero también había algo triste en la mirada. Así que la conducta educada que encontraba tan molesta debía de estar motivada por algo que le gustaba aún menos.

Se sintió humillada.

–No me digas que lo haces porque te doy pena.

–No me das pena –su tono fue firme, pero había algo más en su mirada.

Ella inclinó la cabeza a un lado y estudió su expresión tratando de descubrir exactamente qué era lo que veía en sus ojos.

–No, no te doy pena –murmuró–. Hay algo más. Es culpa –eso era casi tan malo como la pena–. ¿Pero de qué tienes que sentirte culpable? Tu padre no trató de meterme en la cárcel.

–Evie –se inclinó ligeramente hacia delante. Y a pesar de lo que ella acababa de decir, había algo de

119

lástima en su mirada–. Sé que tu vida no ha salido exactamente como planeabas.

–¿Mi vida? –se apoyó en el respaldo del asiento.

–Ibas a viajar. A recorrer Europa con una mochila. Querías vivir en Nueva York y trabajar en la industria de la moda. En lugar de eso tu padre y tú os peleasteis por mí. Tuviste que pagarte la universidad. Incluso fuiste a la universidad pública de Mason un curso.

Lo que era imposible que supiera si no había estado investigando sobre ella. No era que no se lo esperara, después de todo tenía una empresa de seguridad. Era normal que accediera a esa clase de información. Más cuando le había dicho que había investigado sus finanzas. Aun así, le pareció poco limpio.

Se giró a mirar por la ventanilla para ocultar sus sentimientos.

–Supongo que sabes todo lo que he hecho desde que te marchaste de Mason.

–No, todo no. Sólo lo justo para preguntarme cómo has terminado aquí.

Por un momento consideró recurrir a uno de los trucos de él y evitar la pregunta, pero si lo que lo motivaba era la culpa, quería cortar aquello de raíz.

–Fue por culpa de tu padre, en realidad.

–¿Mi padre?

La sorpresa en su voz atrajo su atención, así que se volvió a mirarlo. La confusión en su rostro era evidente. Así que era verdad que no sabía todo lo que había hecho.

–Después de que te marcharas de Mason pasé una temporada bastante hundida –había discutido y estado de mal humor y en general actuado como una niña. La verdad era que no sabía qué otra cosa hacer. Su padre había ganado–. Te habías ido –dijo en voz alta–. Y nadie más en la ciudad parecía haberlo notado.

No había sido fácil aceptar las explicaciones pedestres y facilonas que la gente daba a su marcha: «Siempre he sabido que se marcharía en cuanto tuviera oportunidad», decían algunas personas, lo que era lo más parecido a un cumplido que habían dicho sobre Quinn alguna vez. Otros decían cosas como: «¡Con viento fresco!». O: «Con un padre así, estamos mejor ahora que se ha ido».

–Así que empecé a pasar algo de tiempo con la única persona a la que le importaba que te hubieras marchado.

–Mi padre –dijo serio.

–Sí, tu padre.

La expresión de disgusto que cruzó el rostro de Quinn fue tan profunda que casi se echó a reír. Aunque al mismo tiempo sabía lo que estaba pensando. Era inimaginable que ella, Evie Montgomery, hubiera puesto sus pies de pedicura en la caravana en la que él se había criado.

Bueno, también había sido una sorpresa para ella la primera vez que lo había hecho. Cuando Quinn vivía en la ciudad no la había dejado acercarse ni a cien metros. La primera vez que había visitado a su padre, había comprendido por qué. Francamente, se había sorprendido de que el sitio no hubiese sido declarado en ruina años antes. Si hubiera habido algún adulto en la ciudad al que le hubiera importado el bienestar de Quinn, lo habría sido.

–Tampoco fue para tanto. Me pasaba una o dos

veces por semana. Me aseguraba de que tuviera algo de comer. Ingresaba los cheques del ejército que tu mandabas –su ceño fruncido se había transformado abiertamente en una mueca, así que dijo–: Mira, seguro que hay una razón por la que pensar en mí ayudando a tu padre te hace irritarte, pero ni siquiera me imagino cuál es.

En lugar de responder a su pregunta, él siguió a lo suyo:

–Así que los semestres que fuiste a la universidad pública antes de ir a la de Texas...

Ah, así que lo había descubierto.

–Sí, no me marché de Mason y fui lejos a clase hasta que tu padre murió –admitió–. No me parecía bien dejarlo allí sin nadie que lo cuidase.

–No deberías haber sido tú –dijo con calma.

–¿Entonces quién, Quinn? ¿Tú? –podía ver la culpabilidad en su rostro, pero no quería que se hundiera en ella.

Ya tenía demasiados remordimientos.

Y cuidar de su padre había sido tan bueno para ella. La había sacado de su propio dolor. Le había dado algo en qué pensar. Algo más allá de su pequeño mundo de riqueza y soledad.

–Tú no podías hacerlo –señaló–. Tuviste que dejar la ciudad por mi culpa. Parecía lo justo que yo me hiciese cargo de la tarea. Y, ya lo sabes, me alegro de que fuera yo y no tú. Me resultaba más fácil a mí verlo beber hasta morir de lo que te habría resultado a ti.

–Si hubiera estado allí, a lo mejor habría...

–¿Podido evitarlo? Ni mucho menos. Tu padre era lo que era. Un alcohólico autodestructivo. Estaba en la senda de la autodestrucción mucho antes de que te marcharas. Había sido su elección. Suya, no tuya. No puedes salvar a todo el mundo, Quinn.

–Eso resulta gracioso viniendo de ti.

–¿Qué se supone que significa eso? –se puso rígida.

–Estabas dispuesta a acostarte conmigo para conseguir el dinero para salvar a tu hermano.

–Oh, por favor –agitó una mano en el aire–. Jamás habría dejado que las cosas llegaran tan lejos y tú eres el último hombre en el mundo que habría seguido adelante con un trato como ése. Ninguno de los dos queda especialmente bien cuando hablamos de ese incidente, así que será mejor que lo olvidemos.

–De acuerdo –asintió–. Aun así, tú eres la trabajadora social. Ayudas a la gente a sobrevivir. Y admites que retrasaste tus estudios en la universidad por hacerte cargo de mi padre, alguien a quien odiabas.

–Jamás he odiado a tu padre –admitió–. Odiaba que fuera un mal padre para ti, pero jamás lo odié como persona.

Quinn quedó un largo rato en silencio mientras consideraba lo que ella había dicho. Se pasó una mano por la nuca, una clara señal de que le costaba encontrar las palabras adecuadas, así que lo animó:

–Vamos, Quinn, dime lo que estás pensando.

La miró con gesto de fastidio.

–¿Por qué no me dices tú lo que se supone que estoy pensando? Porque no sé qué se supone que tengo que hacer con todo esto.

–No se supone que tengas que hacer nada. No ayudé a tu padre porque esperase algo a cambio.

–Entonces, ¿por qué lo hiciste?

–Porque era tu padre. Era culpa mía que se hubiese quedado solo. Decidí hacerme cargo de él. Al final fue una gran experiencia que encontré reconfortante, así que decidí hacer trabajo social. De nuevo una decisión mía, no tuya –le dedicó una mirada directa esperando su respuesta, pero él no respondió.

En lugar de responder, sin mirarla a los ojos dijo:

–Parece que vamos a aterrizar. Será mejor que te abroches el cinturón.

Y una vez más fue él quien puso fin a la conversación. Era realmente bueno evitando los temas de los que no quería hablar. Su padre siempre había estado el primero en la lista de esos temas.

Bueno, podía comprenderlo; tampoco quería ella hablar de su familia en ese momento. Por fin estaban de acuerdo en algo.

Pasó el camino desde el aeropuerto pensando en qué decir a Quinn. Él iba en silencio mientras el coche recorría su camino a través de la ciudad hacia una aislada franja de playa dominada por un promontorio que sobresalía por encima del océano. La casa estilo Reina Ana donde iban a quedarse conseguía ser al mismo tiempo impresionante y singular. Sin ninguna otra construcción en kilómetros a la redonda, parecía propia de las novelas góticas que transcurrían en el Caribe que había leído de adolescente. ¿Dónde estaba el barco pirata? O quizá los esperaba en la casa un lord inglés que ocultaba una esposa loca en el ático.

Sus pensamientos podrían haberle parecido divertidos si no hubiera sido por el silencio de Quinn. Quizá la imagen de lord era más acertada de lo que creía. Pero ¿eso la hacía a ella la inocente y estúpida amante? O peor, ¿la loca esposa del ático?

Reprimió una risita, sintiéndose una mujer victoriana hasta en el último centímetro de su cuerpo. Esa indefensión acabaría por volverla loca a ella. Si Quinn sabía algo nuevo de su hermano, no lo había compartido con ella.

Cuando estuvo acomodada en una de las habitaciones de invitados sintió que tenía más de un nudo en el estómago. Dejó la raída maleta en el suelo y no sacó la ropa para meterla en los armarios estilo Bombay. No pensaba quedarse allí el tiempo suficiente.

Ignoró la belleza de la mosquitera que colgaba de los cuatro postes del dosel de la cama. Si se sabía algo de su hermano, bueno o malo, necesitaba enterarse ya. Había llegado el momento de afrontar la verdad.

Capítulo Nueve

Quinn estaba en la cocina preparando café cuando apareció Evie. Además de la televisión de pantalla plana que dominaba una de las paredes de la zona del comedor, la cocina, con su equipamiento de brillante acero inoxidable, era la única habitación de la casa que no transportaba a la época victoriana.

Parecía igual de emocionada que lo había estado en el avión. Aunque su esfuerzo para mantener la compostura la estaba llevando al límite del agotamiento. Debería haberse esforzado más en convencerla de que se quedara en Texas. ¿La había dejado ir con él porque ella lo deseaba o había sucumbido a su propio deseo de tenerla cerca?

Fuera por lo que fuera, estaba allí con él. Y la mantendría a su lado todo el tiempo que pudiera. Sirvió café en una taza y se la ofreció, pero ella negó con la cabeza y se apoyó en la encimera.

—Piensas que tienes que llevar las riendas de todo esto, ¿verdad? —había un tono acusatorio en su voz.

Había una docena de razones por las que pensaba exactamente eso, pero la más convincente de todas fue la que le hizo decir:

—La navaja de Occam.

—No —sacudió la cabeza—. No me lo creo. No creo que seas capaz de eso.

–Es la más sencilla de las explicaciones –dijo todo lo amablemente que pudo.

Había sabido que aquello no sería fácil, pero viendo la expresión de ella, la preocupación que llenaba los ojos, la tensión que enmarcaba su boca, todo resultaba más difícil de lo previsto. Maldito Corbin. Había sido él quien le había roto el corazón. Debería ser él quien se enfrentara a ella en ese momento.

Aunque sabía perfectamente que no la dejaría sola, por duro que resultase decirle la verdad, ni siquiera soñaba en dejar que se enfrentase a ella sola.

–Piénsalo –dijo despacio–. Has estado diciendo todo el tiempo que no podías creerte que fuera tan estúpido. Que es más listo que todo esto –le alzó la mandíbula con cariño para que lo mirara a los ojos–. Quizá tengas razón. Quizá sea más inteligente. Lo bastante inteligente como para ser el cerebro de toda la operación –hizo una pausa–. He preguntado por ahí, y he descubierto un contacto que trabaja dentro de la organización de los Mendoza –continuó–. Sí, tienen metida la mano en el mundo del juego, pero dicen que jamás le han prestado dinero a tu hermano. No les debe cincuenta mil dólares. No les debe ni diez dólares.

–¿Por qué iba a mentirme?

Ésa había sido la parte que más tiempo había llevado a Quinn desentrañar. La parte que no tenía sentido hasta que había leído el informe que J.D. le había llevado al coche.

En lugar de responderle directamente, sacó el iPhone y le mostró una fotografía.

–Quiero que veas esta foto. A ver si reconoces a este hombre.

El hombre de la foto tendría la edad de su hermano, quizá un año o dos más joven. Iba vestido con la clase de ropa desaliñada y cara que parecía haberse hecho increíblemente popular entre los hombres en la veintena. Tenía el pelo desordenado, pero seguramente le costaba mucho dinero mantenerlo así. En la fotografía estaba sentado en un restaurante frente a su hermano. Corbin llevaba una gorra de publicidad y unas gafas de sol.

—Sí, es Brent... No, Brett algo, ¿puede ser Patterson?

—Brett Parsons.

—Eso. Mi hermano lo conoció en la Universidad Metodista. Eran hermanos de hermandad o algo así. Sólo lo he visto algunas veces. Nunca me ha gustado. Era uno de esos niños ricos que tardan seis o siete años en terminar la carrera.

Ya era bastante difícil para ella que trataba de llegar a fin de mes con el sueldo de una empleada del estado, por no mencionar la pobreza e injusticia social que veía todos los días, como para además tener que contemplar cómo el amigo de su hermano despilfarraba fortunas.

—Si recuerdo bien, estaba forrado —continuó—. Tengo la impresión de que era malcriado y vago —miró a Quinn—. No me mostrarías la foto si no estuviera implicado. ¿Puedo pensar que él ha arrastrado a mi hermano a esto?

—No pienses tan mal de él —apagó la pantalla del móvil y se lo guardó en el bolsillo—. Él es quien debe dinero a los Mendoza.

—Así que el jugador es él.

—Y también el hombre de dentro.

–¿El hombre de dentro? –lo miró a los ojos.

–Al menos puedes contentarte sabiendo que no eres la única engañada aquí –sonrió arrepentido.

–¿Trabaja para ti?

–No. Hace cuatro años consiguió un trabajo en Messina en investigaciones y exploraciones. Sin embargo, McCain investiga el pasado de todos los empleados de la empresa. Tendremos que poner al día esos protocolos.

J.D. se había irritado especialmente cuando había reconocido que había sido él quien había investigado a Parsons personalmente. Pero cuatro años antes no había nada que lo hiciera sospechoso. Pasado el tiempo debía más dinero que un país del tercer mundo.

Evie lo miró detenidamente un minuto.

–Pero tú no crees que ese tipo fuera quien lo planeara, ¿verdad? Crees que es Corbin quien está detrás.

–Así es –la miró tranquilo–. Por lo que sé de Parsons, está desesperado, pero no es imaginativo. Creo que tu hermano encontró su debilidad y la explotó. Quizá lo animó. Él... –no terminó la frase.

¿Realmente era necesario que ella escuchara todo aquello? ¿Qué tendría de bueno que acabara con la última fe que le quedaba en su hermano?

–¿Él qué? –exigió–. Quiero saberlo todo. Sea lo que sea, oírlo más tarde no lo va a hacer más fácil.

–Parsons no ha sido el único que se ha puesto en contacto conmigo para informarme sobre los Mendoza.

–Cuéntame –le apuró, con mirada ansiosa y los labios apretados.

–Tu hermano no les debe dinero, pero los Mendoza lo conocen. No hace negocios con ellos, pero aparentemente no lo pierden de vista en los bajos fondos de la zona. Francamente, tienen mejor información que muchas de las fuentes del FBI.

—Bajos fondos —dijo con una carcajada sin ningún humor—. ¿Y eso incluye a mi hermano?

—Hasta ahora, sobre todo con estafas a pequeña escala. Nada que interfiera con sus negocios. Lleva años con esa clase de cosas.

Se rodeó con los brazos como si tuviera frío. Una tormenta se movía frente a la costa y la temperatura había bajado algunos grados justo después de que aterrizaran. Pero Quinn dudó que fuera ésa la causa de su temblor.

—Así que mi hermano es un estafador —como para tratar de distraerse sacó un vaso de un armario y lo llenó de agua de la nevera—. Y piensas que es el cerebro del robo.

—Sí. Ese tipo, Brett Parsons, fue quien desconectó el sistema de seguridad. Sus huellas estaban por todas partes. Metafóricamente hablando. Va a ser imposible que se libre de esto. Lo han atrapado hace cuatro horas intentando tomar un avión a Cabo San Lucas.

—¿Cuatro horas? ¿Ésa es la información que te llegó en el avión?

—Así es —asintió—. Ha hablado desde el principio. Parece que al FBI le ha costado que se callara. Desde entonces han atrapado a otros cinco tipos que Brett ha señalado, todos de camino a México o ya en México esperando para contactar con tu hermano. Hay una reserva en un hotel de la costa del Pacífico a nombre de Corbin. Los billetes de avión dicen que llegaría esta tarde.

—¿Entonces por qué estamos aquí?

—Porque él no va a ir a México. No creo ni que esté pensando en volver a los Estados Unidos. Esas reservas son sólo tapaderas. Me implicó a mí para asegurarse de que todos los demás serían detenidos. Diez millones de dólares divididos entre cinco o seis son mucho menos dinero que si se los queda uno solo.

Podía ver en los ojos de ella la silenciosa lucha interior que mantenía para no creerle. No quería dejarse arrastrar por su lógica. No quería que consiguiera quebrar la confianza en su hermano. Una vez más, Quinn reprimió el dolor que sentía en el pecho. Evie se merecía poder confiar en alguien en su vida. Ese alguien debería haber sido él. Si hubiera tenido más fe en ella. Si hubiera tenido la mitad de fe en ella de la que ella tenía en su hermano, ¿cómo habrían sido sus vidas?

—Así que ha traicionado a sus amigos lo mismo que a mí. No puedo creerlo. Mi hermano no es esa clase de tipo.

—Evie, lo siento...

—Él no haría eso. A mí no. No puedes imaginarte los sacrificios que he hecho por él. Fui a ver a mi padre y le supliqué por él. Supliqué. No me habría dejado hacer eso a menos... —se le quebró la voz—. Tú no lo conoces.

—Quizá. O quizá eres tú quien no lo conoce.

Como si de pronto ya no pudiera más, Evie salió corriendo de la casa hacia la playa y el interminable océano. Lejos de él.

La miró llegar a la playa y quitarse los zapatos para caminar descalza por la orilla. Estuvo allí de pie un largo tiempo, con las olas lamiéndole los pies, los brazos alrededor del cuerpo mientras el viento le sacudía el cabello.

Su decisión de dejarla sola, de darle tiempo, de esperar a que volviera con él, se debilitaba mientras la miraba. Esperó todo lo que pudo, hasta que el viento arreció y las nubes del horizonte se volvieron negras como el carbón. Se acercaba una tormenta y ella no llevaba la ropa adecuada.

Sacó un suéter del armario de al lado de la puerta y fue hacia ella. Hasta que no estuvo muy cerca, Evie no se volvió a mirarlo con los brazos alrededor como un escudo y los ojos resplandecientes. La vulnerabilidad de la anterior conversación había desaparecido. Ante él estaba la chica de la que se había enamorado hacía tantos años. Orgullosa, rebelde y demasiado terca como para rendirse en una discusión. Sobre todo cuando se trataba de defender a la gente que quería.

¿Habría tenido ese aspecto en el instituto cuando se había enfrentado a su padre para defenderlo a él? ¿Habría sido así de implacable en su defensa? Quiso creer que sí.

Su voz no titubeó cuando dijo:

–Siempre he creído que la gente tiene derecho a tomar sus propias decisiones. Sólo es que jamás pensé que Corbin tomara decisiones tan malas.

–Una mierda.

–¿Qué? –lo miró sorprendida.

–Siempre has pensado que tú debías poder tomar tus propias decisiones. Y también has pensado que los demás deberían hacer lo que a ti te parece mejor.

–Pero... –tartamudeó– eso no es cier...

–Sí, es cierto –no pudo evita apartarle un mechón de cabello de la cara–. No es algo malo querer proteger a la gente que amas.

–Lo es cuando eso los convierte en delincuentes –sus ojos se llenaron de lágrimas–. ¿Cómo he podido estar tan equivocada con él?

–Le quieres, por eso es.

Y no había ninguna duda de que, si Corbin era detenido, juzgado y condenado con una montaña de pruebas, ella seguiría de su lado, luchando por él. Su ciega defensa de los débiles y los indefensos debía hacerla realmente buena en su trabajo. Era una de las cualidades que más admiraba en ella.

¿Cómo sería tener a alguien que creía tanto en uno? ¿Alguien tan devoto de él?

La verdad era que había disfrutado de eso unos años antes. ¿Cómo podía haberse alejado de ella? ¿Por qué demonios no había confiado en ella?

–¿Sabes? Cuando fui a verte el miércoles pasado –dijo interrumpiendo sus reflexiones–, estaba segura de que seguirías anclado en el pasado. Creía evidente que jamás habrías superado lo que pasó. En realidad sentía pena por ti –dejó escapar una carcajada de ironía–. Porque yo había seguido adelante y tú no. ¡Qué presuntuosa!

Oírla hablar de pena por él no le hizo sentir el resentimiento normal. En lugar de eso, experimentó un profundo temor por lo que ella iba a decir.

–Pero en realidad lo que pasó entre nosotros hace tantos años me ha afectado a mí tanto como a ti. Sólo que yo no quería admitirlo. Siempre he seguido colgada de la decisión de pensar lo mejor de los demás. De dar siempre a los demás el beneficio de la duda.

–Evie, tu fe en los demás no es algo malo –le tendió una mano–. Aún podría equivocarme sobre Corbin –dijo aunque en realidad no lo creía.

–No –sacudió la cabeza–. Sé que tenías razón sobre él cuando has contado cómo te ha implicado para asegurarse de que atraparían a todos los demás. Sólo Corbin sería tan asquerosamente engreído. Resulta que ha jugado con todo el mundo –se echó a reír–. Sólo desearía no haber sido una víctima tan fácil. Debes de pensar que soy idiota.

–No.

La vida la había golpeado una y otra vez y aún tenía la capacidad de ver lo mejor de los demás. No era ingenua del modo en que él la había acusado de serlo. Era resistente. Otra cosa que le gustaba de ella.

Bueno. Tenía que admitirlo. Al menos a sí mismo. La amaba. Quizá jamás había dejado de amarla. ¿Conseguiría convencerla de que le diera otra oportunidad?

–No quiero discutir sobre tu hermano –ya sucedería frecuentemente en el futuro. Le tendió el suéter–. He pensado que podías tener frío.

Evie alzó la cabeza y rechazó la prenda.

–No.

–Estás temblando.

–Será de rabia –dijo desafiante.

–O que la temperatura ha bajado quince grados en una hora.

Tenía la mandíbula apretada y no habría sabido decir si era para que no le castañetearan los dientes o para reprimir una respuesta venenosa. En lugar de discutir con ella le echó el suéter por los hombros. Fuera de quien fuese, la prenda era lo bastante grande para cubrir su pequeño cuerpo. Siguió mirándolo sin preocuparse de abrocharse los botones o cerrarlo alrededor suyo.

Finalmente se acercó y la rodeó con los brazos y le frotó la piel helada con las manos. Tras un momento de resistencia, se ablandó. Apoyó la cabeza en su pecho y lo rodeó por la cintura con los brazos. Sacudidos por el viento, sus cabellos le rozaban las mejillas y la nariz. El dulce aroma de ella se mezclaba con el olor salado del aire creando una mezcla familiar y exótica al mismo tiempo.

Le alzó la mandíbula para mirarla a los ojos. El deseo surgió entre los dos. Se inclinó para besarla, pero un instante antes de que sus labios se encontraran ella lo detuvo apoyándole un dedo en la boca.

—Si sólo vas a besarme y después desaparecer, entonces no te molestes. Estoy cansada de sentirme como una estúpida.

Quinn sonrió.

—No quería que te sintieras estúpida. No quería aprovecharme de tu vulnerabilidad emocional. Pensaba que estaba haciendo lo correcto.

—Bueno, es bastante irritante. Si no quieres acostarte conmigo, vale. Pero no me provoques.

Seguramente era la única que mujer en el mundo que podría acusarlo de algo así. Supuso que era lo normal. Después de todo era la única que le preocupaba lo suficiente como para protegerla de él mismo.

—No era una provocación, sólo trataba de protegerte.

Evie le pasó los dedos por la nuca y jugueteó con el pelo. Era un gesto mecánico de afecto otorgado con despreocupación por lo que él pudo interpretar.

Quizá tuvieran una oportunidad de hacer que aquello funcionase, quizá no. En cualquier caso él ya era hombre muerto. Ella podía no saberlo, pero tenía su corazón en las manos. No tenía defensa contra ella. Y no la quería. Cuando sus bocas se encontraron, ella lo recibió ansiosa. Se arqueó contra él, depositando en el beso toda la emoción que había contenido. La dulzura de su deseo que mezcló con los restos de su resentimiento. La acidez de su rabia con la miel de la lujuria.

Ella lo recibió caricia a caricia. Su lengua contra la de él mientras las manos agarraban su ropa. Le sacó la camisa de los pantalones al mismo tiempo que él le deslizaba una mano bajo la camiseta. El calor de su mano contrastaba con la frialdad del viento. Ella tenía las manos frías, pero buscó con ellas ansiosa los pezones, los hombros, el arranque de los brazos para colgarse de ellos.

Sus caricias animaban el deseo de él. Deseo caliente en sus venas que presionaba fuerte para derribar sus últimas contenciones.

Trató de soltarse de ella para llevarla hacia la casa. Estaban a cielo abierto. ¡Por Dios!, ella se merecía algo mejor. Algo más que sexo rápido en una playa. Algo más que la incertidumbre de que sus cuerpos se acoplaran cuando aún quedaban entre ellos tantas cosas sin resolver, sin hablar.

Pero cuando trató de separarse de ella, oyó:

—No.

El tono no fue suave... era algo más que una orden. Una exigencia.

—Evie —murmuró, pero ella seguía sacudiendo la cabeza.

Le pasó las manos por detrás de la cabeza y lo miró a los ojos. Fijamente, con calor, inquebrantable.

–Sólo esta vez olvida ese estúpido sentido del honor tuyo. Tíralo por la ventana junto con tu maldita caballerosidad. Deja de tratarme como piensas que debo ser tratada y dame lo que quiero.

Dicho eso, le bajó la camisa por los hombros y empezó a desabrocharle el cinturón.

Evie no quería dejarlo ir por la sencilla razón de que temía que, si lo hacía, no lo recuperaría jamás. Quinn tenía su modo de hacer las cosas. De una forma autoritaria decidía qué era lo mejor para ella y después no se dejaba convencer. Por eso habían llegado ambos vírgenes a esa fatídica noche de bodas hacía tantos años. Porque él había decidido que debían esperar. No había ninguna duda de por qué no se habían acostado la noche anterior, porque era demasiado noble para su propio bien. Y demasiado para el de ella también.

Sólo por esa noche quería dejar a un lado el resto de las cosas de sus vidas. Quería olvidar todo lo que se interponía entre ellos. Quería hacer como si diera lo mismo que no tuvieran ningún futuro juntos. Porque si no lo hacía en ese momento, no lo harían jamás. Y no podía imaginarse un mundo en el que nunca hubiera conseguido acostarse con Quinn.

Y por eso se entregó a sus caricias. A la sensación de su boca sobre ella. De su piel, suave y caliente bajo las palmas de sus manos. De sus manos en los pechos mientras desabrochaba el sujetador.

El deseo la recorría por dentro calentando su cuerpo como un canto primitivo. Más y más.

Se quitó el suéter que le había echado por los hombros y fue vagamente consciente de que se caía al suelo. Era la primera prenda que acababa en la arena, pero no la única. Siguió la camiseta, después el cinturón de él. Los zapatos. Los pantalones.

Con cada prenda que se quitaban subían un poco más por la playa en busca de la arena seca, dando pasos cortos hasta que los dos estuvieron desnudos y jadeando. La desesperación le hacía estar ansiosa. Se dejó caer de rodillas ante él deseosa de explorar su cuerpo.

Rodeó con las dos manos su sexo, pasó el pulgar por su extremo antes de recorrerlo con la lengua. Sintió que un estremecimiento recorría el cuerpo de él mientras se metía el pene en la boca. Una oleada de orgullo femenino estalló dentro de ella mientras la tormenta soplaba sobre ellos. Era fuerte, poderosa. Tragó saliva sólo una vez más antes de que él se saliera de la boca.

Antes de que pudiera protestar, se arrodilló delante de ella y la abrazó con fuerza. La besó intensamente antes de separarla de él lo justo para poder mirarla y decir:

–No puedes controlarlo todo.

–¿Quién lo dice?

–No está bien no compartir –dijo él con una sonrisa y la mirada llena de deseo.

La sentó a horcajadas en su regazo, su pecho contra el de ella. Su sexo presionaba contra el de ella y con cada movimiento de sus caderas frotaba el clítoris. La presión crecía dentro de ella. Con la boca en la de él y las manos acariciando sus pechos, su clímax fue creciendo de un modo constante hasta que estalló envolviéndola por completo.

Evie sentía su cuerpo aún encendido, necesitado, pero él la levantó de su regazo con suavidad.

Empezó a protestar.

–¿Qué de...?

Pero lo vio agacharse a por sus pantalones y buscar algo en la cartera. Para su alivio, sacó un preservativo. Un segundo después estaba de vuelta con ella, extendiendo el suéter en la arena, tumbándola encima y él sobre ella.

Cuando finalmente entró dentro de ella, sintió como si hubiera esperado toda la vida para sentirlo allí. Como si lo hubiese estado deseando, necesitando interminablemente, siempre.

Por fin estaba tocándola en su parte más profunda. Martilleando dentro de ella, sin descanso, sin final, eternamente, como las olas que llegaban a la playa, como las pesadas gotas de lluvia que empezaban a caer. De un modo tan oscuro y pesado como las nubes que se cernían sobre ellos. De una forma tan primitiva como el viento y los elementos. Al fin él era suyo.

Capítulo Diez

Se despertó en la cama que había compartido con Quinn, pero sin él a su lado. Aunque lo echó de menos, no se sintió privada de él porque lo había tenido a su lado toda la noche.

Después de hacer el amor la primera vez, la había llevado a ella y a su ropa de vuelta a la casa. La había dejado en la cama donde se había dedicado a su cuerpo con atención. Habían hecho el amor voluptuosamente bajo la mosquitera. Después se habían quedado dormidos, sus cuerpos juntos toda la noche.

Él había estado ahí cada vez que se había despertado. Sus cuerpos se movían al unísono. Algo más íntimo que nada que hubiera experimentado jamás. La noche de bodas que jamás habían tenido. No sólo por el sexo, sino por la familiaridad. La cercanía que jamás había tenido con ninguna otra persona.

Rodó sobre la cama y se cubrió el rostro con la almohada inhalando el aroma de Quinn. Después apartó las sábanas de una patada y sacudió los pies contra el colchón disfrutando de la sensación que tenía en la piel de haber sido amada. El aire estaba cargado de humedad, pero un rayo de sol se reflejaba en la tarima, prueba de que la tormenta había pasado. Desde la cocina, le llegó el ruido de sartenes y platos, el aroma de café.

Justo cuando estaba pensando en la posibilidad

de desayunar en la cama, oyó voces. No la voz de Quinn, sino una conversación de varios hombres.

Se cubrió con las sabanas de un tirón. Maldición, eso significaba que nada de desayuno en la cama. ¿Quién estaba en la casa?

Se vistió a toda prisa con un vaquero corto y una camiseta verde grisácco. Dado que hacía más fresco del que se podía esperar en el Caribe, se envolvió en una camisa blanca de Quinn y se la ató en la cintura.

Quinn no estaba en la cocina, pero sí había media docena de hombres. Uno estaba al mando de los fogones con una montaña de huevos en una sartén y beicon en otra. Otro servía humeante café en unas tazas. Los demás habían instalado ordenadores portátiles en la mesa de la cocina conectados con unos cables que corrían por el suelo y un módem inalámbrico al lado de un enchufe.

J.D. fue al único que reconoció, así que fue derecha a él. La saludó con una inclinación de cabeza y después se la presentó a los demás. Olvidó sus nombres rápidamente, pero supo que todos eran empleados de McCain. La presentó como la «ex de Quinn». Pero debían de saber más de ella, porque todos aceptaron su presencia sin mucha curiosidad.

–¿Me he perdido algo? ¿Cuándo han llegado todos? –preguntó a J.D. mientras éste sacaba un plato de un armario y empezaba a llenarlo de huevos y tostadas.

–Esta mañana temprano.

J.D. le tendió el plato y ella lo aceptó, más por instinto que por hambre.

–¿No eran para usted? –preguntó ella.

–No. Para usted –él clavó un tenedor en los huevos–. Rick y Jax estaban en Canadá. Volaron a Dallas anoche y se reunieron con el resto.

–¿Dónde está Quinn? –preguntó por fin.

Llevaba levantada más de diez minutos y no lo había visto.

–Ha salido –dijo simplemente J.D. No la miró a los ojos.

–Quiere decir que está fuera buscando a mi hermano –de pronto los huevos sabían menos buenos. Dejó el tenedor en el plato y lo apartó a un lado. Dado que J.D. no parecía dispuesto a decirle mucho más, atacó–: No me gusta que me manejen. Evidentemente están aquí para ocuparse de mí mientras Quinn va a buscar a mi hermano.

J.D. mantuvo el rostro inexpresivo, pero, a menos que hubiera visto mal, sus músculos estaban tensos.

–Está bien –dijo ella aunque no lo estaba–. Puede ser sincero. No voy a alucinar ni nada así –era cierto, había alucinado todo lo que se podía la noche anterior–. Sé que Quinn ha venido aquí a detener a mi hermano o lo que sea.

–Técnicamente no podemos detenerlo. No tenemos esa autoridad, ni siquiera en los Estados Unidos. Sólo podemos animarlo a volver con nosotros a Estados Unidos donde se lo entregaremos a las autoridades.

–Lo que se me escapa –continuó ella–, es por qué hacen falta tantos para tenerme controlada. ¿Trajiste a demasiados o algo así y los que se han quedado no tienen otra cosa que hacer?

–No –J.D. parecía hablar sin separar los dientes–. En realidad, estamos todos aquí.

–Entonces Quinn ha ido solo. Eso no puede ser.

–Lo es –se pasó una mano por la nuca.

Evie se dejó caer en una silla y mordió una tostada. Así que Quinn había encontrado a su hermano y había ido solo a agarrarlo. Pensar en los dos hombres más importantes de su vida enfrentándose era desasosegante.

Corbin no era grande. Quinn, con sus anchos hombros y sus músculos seguramente pesaría ocho o diez kilos más que él. Aun así no tenía sentido.

–Quinn no es un hombre despiadado –dijo en voz alta–. ¿Por qué iría solo? Claro, que es más fuerte que mi hermano, así que podrá animarlo a meterse en un coche con relativa facilidad. Pero hay demasiadas variables. ¿Por qué arriesgarse a perder el control de la situación? Mi hermano podría escaparse.

J.D. bebió de su café en silencio, pero en su gesto se había instalado un gesto de desaprobación.

Lo estudió un largo minuto y después recorrió la cocina con la mirada. La energía de los nervios zumbaba en el aire. En su trabajo conocía a muchos policías, no siempre estaban del mismo lado en la pelea, pero había trabajado con los suficientes para saber cómo se comportaban. Sabía la clase de silencio nervioso que los cubría cuando algo estaba a punto de suceder. Así estaba ese grupo de hombres en ese momento.

Atravesando a J.D. con la mirada, dijo:

–Saben algo que no me están contando. ¿Qué es?

Pero si le hubiera pasado algo a Corbin, Quinn se lo habría dicho. No se habría desvanecido por la mañana y la hubiera dejado allí al cuidado de aquella recua.

–¿Qué es? –probó otra vez–. ¿Qué pasa aquí?

Finalmente J.D. habló:

–Quinn no está pensando en traer a su hermano.

La inesperada respuesta hizo que tardara un cierto tiempo en registrarla.

–Eso es ridículo. Claro que lo hará.

–No, no lo hará. El plan es recuperar los diamantes y dejar escapar a su hermano.

–¿Le ha dicho él eso?

–No ha hecho falta –se echó hacia delante y la perforó con la mirada y, por primera vez, vio el brillo del resentimiento en sus ojos–. Antes de que él saliera para aquí, teníamos un plan –golpeó la mesa con un dedo–. Recuperar los diamantes, detener al tipo y entregar ambas cosas al FBI. Así todos ganábamos.

Todo el mundo que no fuese de su familia.

–Entonces hemos llegado esta mañana –siguió J.D.– y el plan se ha ido a la...

No dijo nada más, pero no hacía falta. No hacía falta ser un genio para ver que el cambio de planes tenía que ver con que Quinn y ella se hubieran acostado esa noche.

–Mire –dijo ella–. Sea lo que sea lo que está pasando, no tiene nada que ver conmigo.

–Claro que sí –interrumpió–. Corbin es su hermano. ¿Qué otra razón tendría Quinn para dejarlo escapar?

–Eso es lo que estoy diciendo. No hay modo de que Quinn deje escapar a Corbin. No es su forma de ser.

Quinn tenía un sentido de lo que estaba bien o mal más fuerte de lo que ella había visto nunca. Había sido víctima de muchas injusticias muchas veces a lo largo de su vida, tanto como hijo de un alcohólico como durante su breve período de marido de ella. A causa de ello su férreo código ético se había hecho inquebrantable.

–Dejar escapar a un delincuente estaría mal –dijo echándose hacia delante y apoyando los brazos en la mesa–. Quinn jamás hará algo así.

–Entonces ¿usted no le ha pedido que lo haga?

Alzó las manos frustrada antes de decir:

–Por supuesto que no. ¿Es eso lo que cree? ¿Que he venido aquí para convencer a Quinn de que no encuentre a mi hermano? Oh, ya sé, quizá es esto: he venido hasta aquí fingiendo ayudar a Quinn a encontrar a mi hermano, pero en realidad lo que hago es distraerlo para que Corbin pueda escapar.

Al oírla despotricar, J.D. pareció más aliviado al tiempo que un poco irritado.

–Pensaba...

–Pues simplemente se equivocaba.

–Me alegro –dijo con una sonrisa.

–Y también se equivoca con respecto a Quinn. Jamás haría algo en contra de su naturaleza.

–Lo haría por usted –dijo tranquilamente, pero con tanta confianza que la dejó sin palabras.

Evie se puso en pie.

–¿Sabe dónde ha ido Quinn? –preguntó a J.D.

La mirada que él le dedicó estaba llena de desconfianza. Evie puso los ojos en blanco.

–Mire, sólo trato de ayudar –al ver que la desconfianza no desaparecía, añadió con más énfasis–: De ayudar a Quinn. Si deja escapar a Corbin, jamás se lo perdonará. Y si lo hace porque cree que eso es lo que quiero yo, tampoco me lo perdonará a mí.

J.D. sonrió.

–Bueno, al menos en eso estamos de acuerdo –se puso en pie y se acercó al resto del grupo–. Recoged, chicos. Nos vamos.

En menos de cinco minutos estaban en una furgoneta recorriendo la costa. Sólo esperaba que llegaran a tiempo.

Quinn se había enfrentado en su vida a muchas situaciones desagradables, pero jamás ninguna le había dado más miedo que aquélla: un turista quemado por el sol, con sobrero de paja, óxido de zinc en la nariz, calcetines bajo las sandalias, sentado en la terminal de Cayman Airways esperando un vuelo con destino a Cuba.

A esa hora temprana, la aerolínea tenía varios vuelos consecutivos, así que la terminal estaba llena de viajeros con tazas de café, leyendo periódicos y sentados sobre sus maletas. Todos los sitios de los raídos asientos de cuero estaban ocupados.

El turista de Quinn estaba sentado en un sitio al lado de una rubia, en edad de ir a la universidad que o bien sufría resaca o la fingía con la esperanza de librase de un tipo que no la dejaba en paz.

–Y yo siempre he querido viajar más –decía el tipo–. Así que tras el divorcio me dije, qué demonios, bien podría...

Alzó la vista cuando Quinn se paró delante de él, dejando la frase sin terminar. Pero maldición, era bueno. Ni siquiera parpadeó cuando lo reconoció. E incluso él tuvo que admitir que la transformación del urbano Corbin al turista guiri que tenía delante era asombrosa, incluso a él se le habría pasado.

Quinn tendió un billete de veinte a la colegiala.

–Ve a tomarte un café –sugirió.

Agarró el billete y salió corriendo con aire de estar más que aliviada por poder escapar, aunque eso supusiera perder el sitio.

Tras unas gafas de cristales gruesos, Corbin parpadeó como si hubiera sufrido un ataque de alergia. Después se sonó la nariz.

–Supongo –empezó con el mismo tono nasal que había usado con la chica– que no ganaré nada haciendo que no sé quién eres.

–Y yo supongo que vas a hacer que esto nos resulte fácil a los dos.

–No sé por qué debería. Gran Caimán es un lugar muy tranquilo. Y aquí no tienes ninguna autoridad. Claro que, si hubieras venido con una tropa de agentes del FBI, eso sería diferente –se encogió de hombros–. Pero dado que te veo sólo a ti, supongo que sólo traes contigo a un puñado de tus borregos del ejército. Lo que significa que quizá puedas llevarme, o quizá no.

Entre los pies de Corbin había una bolsa de lona con el logo de una conocida marca de equipos de submarinismo. Lo bastante pequeña para que Corbin la pudiera llevar. Pero un equipo de submarinismo era bastante pesado y nadie sospecharía de un turista escuálido arrastrando una pesada bolsa. Levantar un poco de peso definitivamente resultaba necesario ya que diez millones de dólares en diamantes eran muchas piedras.

–No te quiero a ti, sólo la bolsa –la señaló con un gesto de la cabeza–. Sólo las piedras.

Corbin miró detenidamente a Quinn y agarró la bolsa con más fuerza.

–Jamás habría pensado algo así de ti.

–¿Que dejara escapar a un delincuente?

–Que te quedes los diamantes, me dejes escapar y luego digas que jamás me encontraste –hizo un gesto de *c'est la vie* mientras se ajustaba las gafas–. Dicho eso, ¿por qué no nos repartimos las piedras y cada uno sigue su camino?

–No estás en posición de negociar.

–Ah, sí, debe de ser así si estamos manteniendo esta conversación. Evidentemente eres reacio a llevarme contigo. Posiblemente no tienes esa autoridad, pero quizá hay algo más. Sea cual sea la razón, eso me concede ventaja.

–Dame la bolsa, podría hacer venir aquí a la seguridad del aeropuerto en menos de un minuto.

–Podrías –siguió mirándolo–, pero seguro que no lo haces. Recuperarás los diamantes, pero perderás a la chica.

El sistema de megafonía anunció que se iba a iniciar el embarque. La gente empezó a ponerse en pie y arrastrar sus equipajes.

Corbin se pasó el asa de la bolsa de una mano a otra preparándose para levantarse.

–Bueno, si me perdonas, éste es mi vuelo.

Por un segundo, Quinn sintió una oleada de respeto por Corbin. Había que tener mucho valor para andar por ahí con diez millones de dólares en una bolsa de buceo.

Al margen de la admiración, Quinn no iba a dejarle marcharse con los diamantes. Agarró a Corbin del brazo.

–No te voy a dejar marchar. No te puedo dejar llevarte los diamantes y no te dejaré largarte con lo que le has hecho a Evie.

–Ah –sonrió–, así que tenía razón. Siempre ha sido tu mayor debilidad –se soltó el brazo–. En ese caso, deberías darme las gracias en lugar de robarme.

–¿Robarte? –preguntó incrédulo.

–Son míos, no tuyos –dio una palmada en la bolsa–. No puedes ni imaginarte el tiempo que me ha llevado planearlo. Le he dedicado años de trabajo. Es imposible que te los dé. Y si pretendes quitármelos, vas a tener que recurrir a algo más fuerte que un «por favor».

Quinn lo miró un largo momento considerando sus opciones. ¿De verdad estaba dispuesto a dejarlo escapar, con los diamantes, por hacer feliz a Evie?

Si lo detenía y lo devolvía a los Estados Unidos, pasaría una larga temporada en la cárcel. Y él perdería a Evie para siempre.

Por otro lado, había alrededor de diez millones de dólares en diamantes colgando de un hombro de Corbin. Era demasiado dinero para dejarlo ir. Y no era sólo dinero, era dinero que pertenecía a su mejor amigo. Era la reputación de su empresa. ¿Iba a arriesgar todo eso por hacer feliz a Evie?

Se había levantado esa mañana diciéndose que, si recuperaba los diamantes, dejaría escapar a Corbin. Era el trato que había hecho consigo mismo. Dejaría escapar al hermano si le devolvía las piedras. Pero parecía que se iba a quedar sin las dos cosas.

Quinn se puso en pie, se metió las manos en los bolsillos mientras observaba a Corbin mezclándose con la gente que subía al avión.

Sí, así era.

Ella significaba para él más que todo lo demás. El dinero se ganaba y se perdía todos los días. Su amis-

149

tad con Derek podía sobrevivir a aquello o no, pero tenía la sensación de que sí. Evie, sin embargo, era única. Significaba para él más que ninguna otra mujer que hubiera conocido. Y no iba a volver a perderla.

Se dio la vuelta dispuesto a volver hacia la terminal del aeropuerto, pero en ese momento vio a Evie moviéndose entre la gente.

Se detuvo justo delante de él jadeando como si hubiera ido corriendo todo el camino desde el control de seguridad. En la mano llevaba un billete como el que había comprado él para acceder a la puerta de embarque.

–¡No me digas que es demasiado tarde!

–¿Qué estás haciendo aquí? –preguntó él justo antes de que apareciera J.D.

–¿Lo hemos perdido? –preguntó J.D.

Evie ignoró la pregunta y se puso de puntillas para mirar entre la gente.

–¿Lo veis? ¿Está aquí? ¿Ha estado aquí? –en lugar de esperar a que Quinn respondiera, se subió a la silla que acababa de dejar libre para poder mirar mejor. Entonces señaló hacia la puerta–. J.D. ¡allí! Le están revisando el billete justo hora. El del sombrero de paja y la camisera roja.

J.D. salió corriendo hacia la puerta con varios de los hombres de McCain detrás. Antes de que ella también saliera corriendo, Quinn la agarró del brazo.

Ella lo miró indignada mientras se soltaba con un movimiento brusco.

–No puedo creer... –lo golpeó en el bíceps– que fueras a recuperar los diamantes y dejar escapar a Corbin. De todas las estupideces... –no terminó la frase, miró al suelo a su alrededor–. Espera un momento. No veo ninguna bolsa. J.D. me ha dicho que sería grande –hizo con las manos un gesto para señalar el tamaño de la bolsa–. Y que sería pesada –lo miró con los ojos entornados–. ¿Por qué no veo una bolsa grande y pesada por ningún sitio?

Cerca de la puerta se oyó una pelea. Sin duda J.D. y los demás habían agarrado a Corbin.

Evie estaba pálida.

–Señor, no me digas que lo ibas a dejar marcharse con los diamantes.

–Me pilló el farol –admitió Quinn. La miró en silencio un instante. Finalmente asintió en dirección a la puerta–. Sabes lo que has hecho, ¿verdad? J.D. va a recuperar los diamantes, pero tu hermano...

–Mi hermano por fin va a tener que asumir su responsabilidad. Él solito se ha metido en esto.

Antes de que pudiera detenerla, se dirigió a donde estaba su hermano. Quinn la siguió unos pasos por detrás. Cuando llegó a la puerta, J.D. tenía la bolsa en la mano. Uno de sus ayudantes tenía agarrado a Corbin. Los demás hablaban con los de seguridad del aeropuerto.

Quinn no quería que ella tuviera que enfrentarse a su hermano. Personalmente le habría encantado despedazarlo para que nadie tuviera que volver a tratar con él, pero ella seguía diciendo que no hacía falta que la protegiera. Así que se echó atrás y dejó que se enfrentara a Corbin.

Se detuvo a unos centímetros de su hermano. Temblaba entera por la emoción. Quinn contuvo la respiración. Una parte de él quería que ella le di... un puñetazo. Otra esperaba que rompiera a llor...

traición de Corbin casi había acabado con ella y él lo primero que tendría que hacer sería ocuparse de eso.

Pero Evie, por ser Evie, no hizo ninguna de las dos cosas. Se plantó delante de él y le preguntó:

–Corbin, ¿cómo has podido?

Corbin sonrió malévolo.

–¿Quieres una descripción paso a paso? Porque eso me puede llevar un rato y no creo que estos caballeros quieran esperar.

Evie parpadeó sorprendida por su caballeresca actitud, aunque eso no sorprendió a Quinn.

–¿Entonces lo admites?

–Vamos, hermanita. Tienes que reconocer que estás un poco impresionada.

Entonces le dio una bofetada tan fuerte en la mejilla que la sangre le asomó en la comisura del labio.

–Supongo que eso es un «no» –dijo él.

–Me he preocupado por ti. Fui a suplicar a nuestro padre. ¿Puedes imaginarte lo duro que ha sido eso para mí?

Por un momento, la duda apareció en el rostro de Corbin, y Quinn se preguntó si no estaría más arrepentido por lo que había hecho de lo que él creía. Pero Evie se había lanzado a la diatriba y ya no veía nada.

–Y después de todo lo que he hecho por ti, te ibas a largar así –hizo una gesto en dirección al avión–. Ibas a largarte y dejarme sola. Sin una sola explicación. Ibas a dejarme sola.

Su voz se quebró. Quinn dio un paso adelante y le apoyó una mano en el hombro. Al sentir su mano, te de la tensión que sufría se suavizó y se apoyó en ramente.

Corbin le dedicó otra de sus sonrisas arrogantes. Su mirada se clavó en Quinn.

–Pero si no te dejaba sola, ¿ves? Ésa era la genialidad del plan. Incluso tú tendrás que admitir que es un toque genial.

Quinn oyó ruido hacia el fondo del aeropuerto, se volvió a mirar y vio a los guardias de seguridad que iban hacia allí. Evie los vio también y se apresuró a preguntar:

–¿Por qué, Corbin? Eres una persona inteligente. Podrías haber hecho cualquier cosa. ¿Por qué ladrón?

–Es lo que hago, hermanita. Y soy realmente bueno.

Y entonces los guardas estaban allí. Quinn volvió a Evie contra su pecho para que no tuviera que ver cómo detenían a su hermano. Pasara lo que pasara, J.D. se haría cargo.

Cuando estaban lo suficientemente lejos, se soltó de sus brazos y dijo:

–¡No puedo creer que fueras a dejarlo escapar!

–No puedo creer que hayas arruinado mi gran sacrificio.

–¿En qué estabas pensando?

–No pensaba –se encogió de hombros–. Cuando llegué hasta él, simplemente no pude detenerlo. Creo que él sabía que no sería capaz. Al final, no sólo jugaba contigo, también conmigo.

–No podía saber eso –protestó.

La miró y le tomó la cara entre las dos manos.

–Quizá nos conoce a los dos mejor que nosotros mismos –le pasó un brazo por los hombros–. Larguémonos de aquí antes de que se compliquen las co

–Pero Corbin –farfulló–. Los diamantes.

Algo en el pecho de Quinn se tensó por su indignación.

–J.D. puede manejarlo –mientras decía eso más guardias corrían hacia la terminal–. A menos que quieras pasarte aquí las próximas doce horas mientras se resuelve todo esto. ¿O prefieres volver a la casa y decirme cuáles son mis cualidades que más te gustan?

–Eh –lo golpeó en el hombro–. ¿Qué tal mis cualidades que te gustan a ti?

Se detuvo a poca distancia de la puerta y la volvió para que lo mirara.

–Intrépida –la besó en los labios– y generosa –otro beso–. Y valiente –otro–. Y me gusta tu disposición para dejarte presionar para una boda rápida.

–¿Una boda rápida?

–He esperado casi quince años por la noche de bodas. No pienso esperar ni un minuto más.

–¿No quieres saber qué pasa? –preguntó mirando hacia el escenario de la detención.

–Ya sé lo que pasa: me quedo con la chica.

Epílogo

Si alguien le hubiese preguntado una semana antes, habría dicho que era imposible ser sublimemente feliz. Sobre todo porque su hermano estaba de vuelta a su país custodiado por media docena de hombres. Al aterrizar sería entregado al agente Ryan del FBI.

En eso trataba de no pensar. Lo que resultaba más fácil dado que Quinn y ella habían estado haciendo el amor sin parar desde que habían vuelto solos a la casa.

Había miles de cosas que quería preguntarle, después de todo eran más de diez años para ponerse al día. Pero de momento estaba contenta con disfrutar de su compañía.

Estaba en la cama esperando a que él volviera de una incursión a la cocina a por provisiones. Oyó unas pisadas que se acercaban y se dio la vuelta.

Quinn tenía un puño cerrado a la altura de su vientre y lentamente abrió los dedos. Le llevó un momento darse cuenta de que lo que caía sobre ella era una cascada de diamantes.

—¡Quinn! —gritó—. ¿Qué demonios?

—Creo que una vez te prometí que te cubriría de diamantes —dijo él entre risas.

Recogió los diamantes de la sábana preocupa[da] por que se perdiera alguno.

–Bueno, no pensaba que lo dijeras en serio –le devolvió las piedras.

Él le cerró la mano sobre las piedras y dijo súbitamente serio:

–Necesito que sepas que siempre cumpliré mis promesas. Cada una de ellas.

Evie se puso de rodillas y lo abrazó.

–Yo también las mantendré.

Más tarde, mientras yacía entre los brazos de él, le preguntó:

–Sobre lo que ha dicho Corbin...

–¿Lo de que no te dejaba sola?

–Sí. ¿De verdad crees que había planeado que volveríamos a estar juntos?

No importaba. Realmente no. Tenía a Quinn y eso era lo que importaba. Pero de algún modo lo de Corbin sería más llevadero si al menos había pretendido que ella no se quedara sola.

Quinn le pasó una mano por el cabello, un gesto lleno de ternura y amor. La notó asentir.

–Me gustaría pensar que sí.

–A mí también.

Deseo™

A las órdenes del amor

CATHERINE MANN

A pesar de haber participado en las misiones más peligrosas, Kyle Landis no estaba preparado para verse convertido en padre. Pero cuando Phoebe Slater le contó que la niña que tenía a su cargo era hija suya, no encontró razones para dudar de ella. Dado que un Landis jamás eludía sus responsabilidades y pensaba que la familia era lo primero, casarse era la única salida. Pero una vez dicho el "sí, quiero", ¿estaría Phoebe dispuesta a ser la esposa de aquel comandante de aviación en todos los aspectos que Kyle había imaginado?

Comandante, millonario... ¡y padre!

Acepte 2 de nuestras mejores novelas de amor GRATIS

¡Y reciba un regalo sorpresa!

Oferta especial de tiempo limitado

Rellene el cupón y envíelo a

Harlequin Reader Service®
3010 Walden Ave.
P.O. Box 1867
Buffalo, N.Y. 14240-1867

¡Si! Por favor, envíenme 2 novelas de amor de Harlequin (1 Bianca® y 1 Deseo®) gratis, más el regalo sorpresa. Luego remítanme 4 novelas nuevas todos los meses, las cuales recibiré mucho antes de que aparezcan en librerías, y factúrenme al bajo precio de $3,24 cada una, más $0,25 por envío e impuesto de ventas, si corresponde*. Este es el precio total, y es un ahorro de casi el 20% sobre el precio de portada. !Una oferta excelente! Entiendo que el hecho de aceptar estos libros y el regalo no me obliga en forma alguna a la compra de libros adicionales. Y también que puedo devolver cualquier envío y cancelar en cualquier momento. Aún si decido no comprar ningún otro libro de Harlequin, los 2 libros gratis y el regalo sorpresa son míos para siempre.

416 LBN DU7N

Nombre y apellido	(Por favor, letra de molde)
Dirección	Apartamento No.
Ciudad	Estado Zona postal

Esta oferta se limita a un pedido por hogar y no está disponible para los subscriptores ~~ales~~ de Deseo® y Bianca®.
~~inos~~ y precios quedan sujetos a cambios sin aviso previo.
~~e~~ ventas aplican en N.Y.

©2003 Harlequin Enterprises Limited

Su heredero no podía ser ilegítimo

La noche que Jacob "Sin" Sinclair había compartido con Luccy en su suite terminó de forma inesperada: ¡ella lo dejó de madrugada sin decirle ni una sola palabra!

Luccy se había sentido impresionada por el lujoso ático de aquel sofisticado millonario, y aún se ruborizaba al recordar cómo había sucumbido a una noche de placer exquisito. ¡Pero su vergüenza aumentó cuando se enteró de que se había quedado embarazada!

Sin estaba decidido a encontrarla. No estaba dispuesto a que el heredero Sinclair, el que recibiría todos sus millones, fuera ilegítimo.

Los hijos del millonario
Carole Mortimer

Los hijos del millonario

Carole Mortimer

Deseo™

Su amante misteriosa

ROBYN GRADY

Alexander Ramírez, uno de los solteros millonarios más poderosos de Australia, deseaba tener familia para perpetuar su estirpe, y estaba convencido de que Natalie Wilder aportaría a su dormitorio todos los ingredientes necesarios para conseguirlo. En un principio, había anunciado su compromiso como distracción para los medios de comunicación, ya que se había visto amenazado por un escándalo, pero no tardó en convertirse en una posibilidad real.

Cuantos más obstáculos se interponían en su camino, más se empeñaba en mantener a Natalie en su cama. ¡Y él siempre conseguía lo que quería!

¿Casarse con su amante?